www.ingramcontent.com/pod-product-compliance
Lightning Source LLC
LaVergne TN
LVHW010558070526
838199LV00063BA/5003
* 9 7 8 9 3 5 8 7 2 5 1 2 4 *

چابی کھو گئی

(افسانے)

مرتبہ:

ادارہ آجکل

© Taemeer Publications LLC

Chaabi kho gayi *(Short Stories)*
by: Idara AajKal
Edition: May '2024
Publisher :
Taemeer Publications LLC (Michigan, USA / Hyderabad, India)

ISBN 978-93-5872-512-4
9 789358 725124

مرتب یاناشر کی پیشگی اجازت کے بغیر اس کتاب کا کوئی بھی حصہ کسی بھی شکل میں بشمول ویب سائٹ پر اَپ لوڈنگ کے لیے استعمال نہ کیا جائے۔ نیز اس کتاب پر کسی بھی قسم کے تنازع کو نمٹانے کا اختیار صرف حیدرآباد (تلنگانہ) کی عدلیہ کو ہوگا۔

کتاب	:	**چابی کھو گئی** (افسانے)
مرتب	:	**ادارہ آجکل**
صنف	:	فکشن
ناشر	:	تعمیر پبلی کیشنز (حیدرآباد، انڈیا)
سالِ اشاعت	:	۲۰۲۴ء
صفحات	:	۹۲
سرورق ڈیزائن	:	تعمیر ویب ڈیزائن

فہرست

(۱)	صدیوں کے لمحے	شوکت حیات	6
(۲)	ایک اور سفر	جی ڈی چندن	19
(۳)	چابی کھو گئی	جیلانی بانو	27
(۴)	رگِ سنگ	رتن سنگھ	34
(۵)	کونپل سے پرزے تک	اقبال متین	39
(۶)	مقامات	جوگیندر پال	51
(۷)	بھوگ	سلام بن رزاق	59
(۸)	سوا نیزہ پر سورج	عابد سہیل	71
(۹)	چرایا ہوا سکھ	ذکیہ مشہدی	78
(۱۰)	صد ہزار قصے	احمد یوسف	86

شوکت حیات

صدیوں کے لمحے

شکستہ مُنڈیریں
مُنڈیروں پر سبز حاشیے
اور ان پر مشتمل ایک غیر آباد حویلی ... ... کھنڈروں میں تبدیل ہوتی .. .. جو ٹھہری ہوئی ہواؤں کے دوش پر کانپتی اور طوفانی ہواؤں کی زد میں ساکت ہوجاتی اور .. .. پاگلوں کی سی حویلی .. ... جو ہے .. .. نہیں ہے ... ... اور نہیں ہے لیکن ہے۔

وہ کھنڈر ہے .. .. .. عالیشان حویلی رہی ہوگی ... ... اب وہ کھنڈر ہے — ہوا ہے ... ... دھواں ہے .. .. ..

حویلی بہت اُونچی ہے ... ... اور بھی اونچی رہی ہوگی ... ... اتنی اُونچی ... .. اتنی اُونچی .. .. .. کہ حد نظر آسمان میں گم .. ... اور اتنی چوڑی ... ... اتنی کہ .. .. بے حد تو نہیں لیکن بے تحاشہ .. .. کہ دُور دُور تک گولائی میں اس کی چوڑائی پھیلی ہوئی .. ... . اور اس حویلی کے ستون بہت اونچے ہیں ... .. اور بھی اُونچے رہے ہوں گے .. ... لانبے لانبے ستون آسمان درختوں کے تنوں کی طرح ... . اور اب اس گول حویلی کا

گول صحن جنگلی درختوں سے بھر چکا ہے۔

غور سے دیکھنے پر یہ بھی لگتا ہے کہ وہ حویلی نہیں ... کھنڈر بھی نہیں ... ... صرف چار دیواریں ہیں ... ... شکستہ دیواریں ... ... زوال پذیر ادوار کی صرف چار دیواریں چھت جو کسی طرح اپنے کھڑے ہونے کی پہچان قائم رکھے ہوئے ہیں۔ کبھی یہ چمکتی رہی ہونگی۔ ... ... اب اپنے رنگ و روغن کھو چکی ہیں ... ... یا چاروں دیواریں چھت کو چھوتی ہیں یا چھت چاروں دیواروں کو چھوتی ہے ... ... چھت بڑی سخت اور غیر مرئی ہے... آنا فانا اُڑ کر لاپتہ ہو جاتی ہے اور آنا فانا آ ٹکتی ہے اور معلق ہو جاتی ہے۔

ایک دیوار پر جو پہلی دوسری تیسری یا چوتھی ہو سکتی ہے بل کھاتی ہوئی گنبد نما محراب ہے جس میں مکڑیوں کے جالے ——— دوسری دیوار پر جو پہلی تیسری اور چوتھی بھی ہو سکتی ہے ایک بڑا سا ترشول آویزاں ہے۔ جس کے نوکیلے سرے زنگ لگتے لگتے کند ہو چکے ہیں۔ ایک دیوار پر جو چاروں میں سے کوئی بھی ہو سکتی ہے گرو نانک کی تصویر فریم میں لٹک رہی ہے جس کے شیشے تو بہت پہلے ٹوٹ چکے ہوں گے اب تصویر بھی جگہ جگہ سے پھٹ گئی ہے اور صرف دھول میں اٹی ہوئی مقدس داڑھی نظر آتی ہے چوتھی دیوار جو دوسری تیسری اور پہلی بھی ہو سکتی ہے ایک صلیب ہے جو ٹوٹ چکی ہے۔

ترشول والی دیوار چوڑائی میں سب سے زیادہ ہے۔ گنبد نما محراب والی دیوار اِس سے کسی قدر کم۔ یہ دونوں ہی دیواریں بالکل آمنے سامنے ہیں۔ بقیہ دو دیواروں کی چوڑائی ان سے کم ہے۔ اور ان سبھوں کی یکجائی سے کسی قدر مستطیل نما کمرے کی تشکیل ہوتی ہے۔ کچھ اور بھی چھوٹی چھوٹی دیواریں ہیں جو اس کمرے کی مستطیل نما ہیت میں کسی قسم کی رخنہ اندازی نہیں کرتیں۔

صحن کے وسط میں ایک مجسمہ ہے جس کا پتھر زرد ہو کر بھر بھراتا ہوا بکھر رہا ہے اور اب اس مجسمے کی کوئی شکل نہیں رہ گئی ... ... دو آنکھوں میں ڈیڑھ آنکھیں کہاں چلی گئیں۔ پتہ

نہیں چلتا ... .. ہاتھوں کی انگلیوں اور پاؤں کی کمی تو ظاہر کرتی ہے کہ یہ مجسمہ کبھی لولہا اور لنگڑا اور کبھی صحیح سلامت بھی رہا ہوگا ..... ۔ لیکن اب مجسمہ کی شکل وصورت اس طرح ٹوٹ چکی ہے کہ اس کے بکھرے ہوئے تار و پود کی یکجائی شکل ہے۔

دیواروں میں نونی لگ چکی ہے اور نقش ونگار دھندلے ہو رہے ہیں کھنڈر میں تبدیلی ہوتی ہوئی اس حویلی میں بہت کچھ رہا ہوگا ... ... جاہ وجلال اور سادگی .. .. رنگ وروغن اور بلندی ... ۔ لیکن اب حویلی میں کچھ نہیں ہے ... ... کچھ پرچھائیاں ہیں جو مہینوں سالوں اور صدیوں کا سفر طے کرتی ہوئی اب بھی اس کے زرق برق ماضی کا پتہ دے رہی ہیں۔

پیوندزمین ہوتی ہوئی حویلی کے ایک کونے میں یا مسمار ہوتی ہوئی شکستہ دیواروں کے بیچ ایک لاش ہے ... .. نہیں زندگی ہے .. ... جو ساکت ہے اور جدوجہد کر رہی ہے .. ... لاش میں حرکت ہوتی ہے اور اس میں لیٹا ہوا پیر نامراد عرصہ دراز کے بعد نیند سے چونکتا ہوا دھندلی آنکھیں کھولتا ہے ... ... پھر ٹٹولنے لگتا ہے ... .. اور آنکھوں آنکھوں میں پاگل اور بے قرار ہو جاتا ہے .. ۔ دھندلاہٹ بھیگنے اور اُبلنے لگتی ہے۔

بوڑھے کا سارا وجود تر و تازہ ہے۔ لمبی نیند سے چونکنے کے بعد آنکھوں میں انوکھی چمک گہری اُداسی اور لازوال طمانیت پیدا ہوگئی ہے۔ وہ کسلمندی جو اس نے نیند سے پہلے محسوس کی تھی، وہ تھکن جو غنودگی سے پہلے اسے چور چور کر رہی تھی اب لاپتہ ہے۔ اور یوں لگتا ہے اس نے پہلی بار زندگی پائی ہو اور پہلی بار موت کے منہ میں جانے سے بچ گیا ہو۔

شاید اس کی عمر صدیوں سے بھی طویل ہے۔ داڑھی اور بھویں تک برف ہو چکی ہیں۔ اپنے رعشہ میں لتھڑے ہوئے ہاتھوں سے آس پاس ٹٹولتا ہوا وہ اُٹھ کر بیٹھنا کھڑا ہونا اور پھر ساری حویلی کا جائزہ لینا چاہتا ہے۔ لیکن دوسرے ہی لمحے گر جاتا ہے ۔ چھڑی جو ایک کونے میں پڑی ہے ٹوٹ چکی ہے اور اب اسے سہارا دینے سے معذور ہے۔ دیر تک موجود اور لاپتہ بے انت چھت کو وہ گھورتا رہتا ہے جہاں چمگادڑوں کا غول اُلٹا لٹکا ہوا اسے اپنی طرف

بلا رہا ہوتا ہے۔ اس کی آنکھوں سے پریشانی اور بے بسی جھلکنے لگتی ہے۔

کاش چھڑی مل جاتی۔

اس کی نگاہیں اِدھر اُدھر بھٹکتی ہوئی کونے میں رکھی ہوئی چھڑی پر پہنچتی ہیں تو آنکھیں اور اندر کو دھنس جاتی ہیں۔

یہ۔ .. ... یہ ... . ٹوٹ کیسے گئی ... .

اچھا ہی ہوا ... ... پرانی چھڑی کو ٹوٹنا ہی تھا ... ...

اس کے چہرے سے صدیوں کے اس تھکن کے آثار نمایاں ہونے لگتے ہیں جس سے پیچھا چھڑانے کے لیے وہ لمبے عرصے تک پھیلی ہوئی نیند کے ساتھ جڑ گیا تھا۔

بڑی مشکلوں سے وہ اپنی ساری قوت صرف کر کے اُٹھتا ہے اور دیواروں کو حسرت آمیز نظروں سے دیکھتا ہوا صحن میں نصب مجسمہ کے قریب آتا ہے اور آپ ہی آپ بڑبڑانے لگتا ہے۔

مَیں کیا دیکھ رہا ہوں ... .

کچھ نہیں رہا میری آنکھوں کی روشنی .. ...

یا ... ... !!!!

ہر طرف اندھیرا کیوں ہے ؟ ... ...

وہ دھیرے دھیرے سے سر پکڑ کر بیٹھ جاتا ہے۔

فانوس کہاں ہے جس سے حویلی روشن ہوا کرتی تھی ... ...

اس کے نورانی اور غیر آسودہ چہرے پر سارے جہاں کی حیرت سارے جہاں کا دکھ سمٹ آتا ہے۔ اس کے لب تھر تھرانے لگتے ہیں۔ ٹوٹے ہوئے ادھورے ادھورے لفظوں کے ساتھ وہ چپ رہتا ہے۔ چاروں طرف سناٹا ـــــ گونجتا ہوا سناٹا ـــــ جامد و ساکت آہٹوں کو سُن کر اسے کچھ خوف معلوم ہوتا ہے۔ نحیف و نازک جسم پر رعشہ طاری ہونے لگتا ہے۔ ڈبڈبائی آنکھوں سے بہت دُور دُور تک کوئی ہلکی پھلکی

سی دستک کوئی آہٹ کوئی آواز ٹٹولنے میں وہ محو تھا کہ اچانک سناٹے مل کر اس پر حملہ کر دیتے ہیں اور نوچنے لگتے ہیں۔

اتنا سناٹا تو یہاں نہیں تھا۔ ... ...؟

ابھی وہ سناٹوں کا عادی ہو ہی رہا تھا کہ ہزارہا چمگادڑیں اس کے سر پر سے شور مچاتی ہوئی گذر جاتی ہیں اور پھر وہ دیکھتا ہے کہ ان گنت ٹیڑھے میڑھے چہروں کا ازدھام اسے کچلتا ہوا گذر رہا ہے۔ بوڑھا تھرتھراتا ہوا فرش پر خود بخود لڑھک جاتا ہے اور جیسے اس کے اوپر سے لاکھوں من کا بوجھ گذر رہا ہو۔ مزاحمت میں دونوں نحیف ہاتھ فریادی انداز میں بار بار اپنے بچاؤ کے لیے اُٹھتے رہتے ہیں۔

اتنا شور ... ...

وہ بھیڑ بھی گذر گئی وہ سناٹا بھی ختم ہوگیا اور اب پھر صرف وہی حویلی تھی جو کھنڈر تھا وہی شکستہ دیواریں تھیں اور ان کے آس پاس پھیلی ہوئی گھٹن اور سیلن تھی۔ وہ پھر سے جائزہ لیتا ہے۔

کیا ہوگیا اس حویلی کو ... ... وہ نقشہ کہاں ہے جہاں یہ خط آیا تھا ... ...

چھڑی ٹوٹ گئی اور کونے میں پڑی ہوئی دم توڑ رہی ہے ... ... لیکن اسے توڑا کس نے

پھر سناٹے کی ایک لہر آتی ہے جو اسے کچلتی ہوئی آگے بڑھ جاتی ہے۔ پھر ٹیڑھے میڑھے چہروں والا ازدحام اسے پھلانگتا اور روندتا ہوا گذر جاتا ہے۔

سب انھیں کی کارستانی ہے ... ...

وہ آہستہ آہستہ نیم تاریک کمرے سے پھر صحن میں آتا ہے اور مجسمہ کے ٹوٹے پھوٹے اعضا کو عقیدتوں کے بوسے دینے لگتا ہے۔ یک لخط وہ رُک جاتا ہے۔ اس کے ہونٹوں میں مجسمہ کے ٹوٹے عضو کا نوکیلا سرا گڑ چکا ہے اور خون رس رہا ہے۔ وہ مجسمہ کو غور سے دیکھتا ہے۔

اس بدہیئتی سے بے ہیئتی بہتر تھی ۔۔ ۔۔ یہاں اُٹھنے کی بجائے ایسیا کے جھنڈ میں آنکھیں کھولتا تو کہیں اچھا تھا ۔۔ ۔۔ !

ہلکی ہلکی بارش میں وہ گھوم کر پورا احاطہ پائیں باغ دیکھتا ہے۔ اسے ہر مُنڈیر پر سیاہ کبوتروں کا غوں غٹرغوں کرتا ہوا دکھائی دیتا ہے۔

کیسی نحوست ہے ۔۔۔۔ ۔۔ !

نہ وہ نورانی چہرے ۔۔ ۔۔ !

نہ مقدس قبائیں ۔۔ ۔۔ !

نہ وہ پوتر دیویاں ۔۔ ۔۔ !

نہ معصوم راہبائیں ۔۔ ۔۔ !

نہ عود و عنبر ۔۔ ۔۔ ۔۔ !

یہ وہی تو جگہ ہے جہاں ناقوس اور اذان کی آوازیں کانوں میں رس گھولتی تھیں کلیسا کا گجرا اور ست سری اکال شور شرابے سے گھر کو بھی صحیح سلامت سانس لیتے تھے ۔۔ ۔۔ !

وہ نتھنوں کو پھیلا کر زور زور سے سانس لیتا ہے۔ متواتر کئی بار سانسیں لیتا ہے۔

یہاں تو عجیب طرح کی بدبو ہے۔ ایسا لگتا ہے لاش کی سڑاند پھیلی ہوئی ہے ۔۔ ۔۔ !

وہ گھومتا گھومتا ایک گڈھے کے پاس پہنچتا ہے جہاں انگنت کٹے ہوئے سر اور دھڑ ایک دوسرے میں اس طرح گتھے ہوئے ہیں جیسے ابھی ابھی جڑ جائیں گے اور جُڑتے ہی بارود کے ایک ذخیرے کو سمندروں میں پھینک آئیں گے۔ گڈھے میں کٹے ہوئے سر اور دھڑ کے ساتھ ٹوٹی ہوئی تلواریں زنگ آلود کارتوس میزائل اور مشین گنیں ہیں جن پر کرگسوں کے جھنڈ آرام فرما ہیں۔ وہ یاد کرتا ہے۔ یہ وہ تالاب تھا جہاں نہانے سے حیات بڑھتی تھی۔

اچانک بارش تیز ہونے لگتی ہے۔ تیزی بڑھتے بڑھتے طوفان میں بدلتی ہے اور

پھر اولہ باری شروع ہو جاتی ہے۔ بوڑھے کے سر پر زور زور سے بجڑتے ہوئے برف کے پتھر بالوں کو سُرخ کر دیتے ہیں۔ وہ گرتا پڑتا واپس لوٹتا ہے اور ٹوٹے ہوئے مجسمہ سے لپٹ کر رونے لگتا ہے۔ کوئی اس کے کندھوں پر ہاتھ رکھتا ہے یہ چیختی ہوئی ابابیلیں تھیں جو اندھادھند اس سے ٹکرا گئی تھیں۔ بوڑھا مستطیل کمرے میں آتا ہے۔ یہاں بھی اسے اسی قسم کی بدبو دبوچتی ہے۔ اسے یاد آتا ہے کہ پھانسی چڑھنے سے پہلے اس نے کہا تھا۔

"لمبے عرصے تک عمارت کی سلامتی اور بقا کے لیے سبھی دیواروں کی یکساں باہمی مضبوطی ضروری ہے اور یہ مشینی کارگذاری ہی نہیں اس کے لیے بڑی کاریگری بڑی قربانی کی ضرورت ہے اور سب سے بڑھ کر یہ کہ دیواروں کی تعمیر کر کے چھت ڈالنے والے جیبوں سے تو فقیر ہوں لیکن اپنی کائنات کے بادشاہ اور ایک دوسرے کے لیے بصد احترام و خلوص سرنگوں ہوں اور ایک دوسرے کا بوجھ بلا دھڑک اپنے سر پر منتقل کر سکتے ہوں۔" اس نے جو فقیر تھا اور بادشاہ بھی ——— سچ کہنے کے جرم میں پھانسی پر چڑھا دیا گیا تھا ——— اس نے مرنے سے پہلے ہی کہا تھا ——— عمر بھر سو جاؤ ورنہ مرتے رہو" ——— آج یہ منہدم دیواریں مرنے والے کو اس کے سامنے زندہ کر رہی تھیں۔

اس نے سوچا وہ ہاتھ جنھوں نے اسے پھانسی دی وہ مکروہ موٹے اور چمکتے ہوئے سفید ہاتھ کہیں منڈلا رہے ہوں گے اگر زندہ ہوئے۔

دوسرے ہی لمحہ اسے سبھی دیواروں پر الگ الگ جھنڈ میں مکروہ لیکن چمکدار ہاتھ رینگتے ہوئے نظر آتے ہیں۔

ان ہاتھوں کے منھ کہاں ہیں۔۔ ۔۔ ۔۔

ان کے چہرے ۔۔ ۔۔۔ ۔۔۔

دیواروں کی علامتیں اسے مکروہ اور گھناؤنے خدو خال میں تبدیل ہوتی ہوئی نظر آتی ہیں۔ اسے اُبکائی سی آنے لگتی ہے۔ سب کی سب وحشیوں کی طرح اس کی طرف لپکتی ہیں اور ان سے پہلے دیواروں پر رینگتے ہوئے مکروہ ہاتھ اس کی طرف بڑھتے ہیں

مَیں کہاں ہوں ...... یہ وہی جگہ ہے جہاں مَیں ہوں ...... ! نہیں ......

(نہیں ...... !!! نہیں ...... نہیں ......)

بوڑھا چیختا ہے۔

مَیں اپنے آپ کو ڈھونڈنا چاہتا ہوں۔ ......

(ہوں ...... ! ہوں ...... !! ......)

مَیں سارے لوگوں کو ڈھونڈنا چاہتا ہوں ...... !!)

(ہوں ...... !!! ہوں ...... !! ہوں ......)

بوڑھے کی چیخ بازگشت کی صورت میں دیواروں سے بار بار ٹکراتی ہے اور بہت دیر تک اس کی سماعت پر زوردار ضرب پہنچاتی ہے۔

وہ تھک ہار کر بیٹھ جاتا ہے۔ دیواروں پر رینگتے ہوئے ہاتھ اس کی آنکھوں سے اوجھل نہیں ہوتے۔

مَیں پھر سو جاؤں ...... یہ ہاتھ مجھے بھی ...... !

سنو ...... !

(سنو ...... !!!! سنو ...... !! سنو ...... !)

تمھارا نام

وہ اپنے آپ سے پوچھتا ہے۔

کچھ نہیں ...... انامیت ...... !

وہ چیخ اُٹھتا ہے۔

میں ایسا ہوتا تو اس وقت اتنے سارے خون کے پیاسوں کے درمیان گھرا نہ ہوتا ۔ ۔ ! مکروہ کٹے ہوئے ہاتھ میری گردن ناپنا چاہتے ہیں ... ... !

انانیت کی آہٹیں سنتے ہی بیچ بیچ اس کی طرف بڑھتے ہوئے ہاتھوں کو اچانک جھٹکا لگتا ہے اور ایک لحظہ کے لیے وہ رُک جاتے ہیں۔ دیواریں گھٹی آوازوں سے چیختی ہیں۔ ان کی سانسیں جیسے ٹوٹ رہی ہوں۔

میں جینا چاہتا ہوں۔

میں جینا چاہتا ہوں۔

اور میں بھی ... ...

اور میں بھی ... ...

بے بس آوازیں تھیں جو بلکتے بلکتے تار تار دامن پھیلا رہی تھیں کٹے ہوئے ہاتھ اس کی طرف بڑھ رہے ہیں۔

چھڑی ٹوٹی ہوئی ہوتی تو بچاؤ شاید ممکن تھا ۔ ...!

کوئی ہے ... ...!

(کوئی ہے ... ...!!! کوئی ہے ... ... !! کوئی ہے ... ...!)

اس کی آواز تھوڑی دیر تک سنسان کھنڈر میں سر مارتی ہوئی گونجتی رہتی ہے۔ پھر سناٹا۔

میں کہاں ہوں ... ...

(کہاں ہوں ... ... کہاں ہوں ... ... کہاں ہوں ... .)

اس کی آواز گونجتی رہتی ہے اور پھر وہی سناٹا ... ... وہ سنسان سانسوں کی تاب نہ لا کر پھوٹ پھوٹ کر رونے لگتا ہے۔

کچھ ہی دیر بعد بہت دور کھنڈر کے کسی ایک سرے سے سرپٹ دوڑتے ہوئے

گھوڑوں کا قافلہ بتدریج قریب آتا ہے اور اس کے سر پر سے گویا گندتا ہوا آہستہ آہستہ کھنڈر کے دوسرے سرے میں گم ہو جاتا ہے۔ اب پھر سناٹا تھا۔

کچھ دیر خونخوار چنگھاڑتے ہوئے ہاتھیوں کا جھنڈ دھپ دھپ اور ٹن ٹن کرتا ہوا کسی ایک کونے سے اُٹھتا ہے اور اسے گویا روندتا ہوا گذر جاتا ہے۔

پھر اونٹوں کا ایک جھنڈ آسمان سے باتیں کرتا ہوا اسے تڑپ کر آگے بڑھ جاتا ہے اور خاموشی پھر ہواؤں کی طرح قائم تھی۔

اس کی پھٹی پھٹی آنکھیں کچھ بھی سمجھنے سے قاصر ہیں۔ صحن میں نصب مجسمے کے چند بچے ہوئے سالم عضو بھی بھر بھرا کر نیچے آرہے ہیں۔ دیواروں کے نقش و نگار دیواروں کے قدموں میں گرے ہوئے ہانپ رہے ہیں۔

مکروہ کٹے ہوئے ہاتھ مستقل اس کی طرف بڑھ رہے ہیں۔ وہ پھر پکارتا ہے۔

بچاؤ ۔۔۔ ! بچاؤ ۔۔ ۔۔ !!

(بچاؤ ۔۔ ۔۔ ۔۔!!! بچاؤ ۔۔ ۔۔ !! بچاؤ ۔۔ ۔۔ !)

بارود کا بھبکہ اُٹھتا ہے اور پھر سَر سَر کرتے ہوئے کئی بھاری بھرکم ٹینک اس کے آس پاس سے اس کے اوپر سے گذر جاتے ہیں۔

کچھ مادرزاد برہنہ مرد اور عورتیں بے خودی میں رقص و اختلاط کرتے ہوئے اسے ٹھوکر مار کر بڑھ جاتے ہیں

بوڑھے کا نورانی چہرہ جگہ جگہ سے پھٹ چکا ہے۔ خون کی دھار چہرے کی گرد کو فرش کے دامن میں جذب کر رہی ہے۔ اچانک کمرے کے باہر اولہ باری کے بیچ سے کانوں کو چھیدتی ہوئی آواز "تم غلط ... ... تم غلط ... ... اُٹھتی ہے۔ دیواروں کے درمیان جہاں سڑاند پھیلی ہوئی ہے گھٹن محسوس کرتے ہوئے وہ باہر چلا آتا ہے۔ دُور دُور تک دوڑتا بھاگتا ہانپتا کانپتا ہجوم ہے جو ایک دوسرے پر پتھر برساتے ہوئے "تم غلط ۔۔ ۔۔

تم غلط ... ..." چیخ رہا ہے۔ اسے ایک ساتھ کئی پتھر لگتے ہیں اور سر پیشانی چہرہ لہولہان ہو جاتے ہیں۔ وہ دوڑ دوڑا اندر آتا ہے۔ سڑاند کی زد میں اس کا پھیپھڑا بد بو میں تبدیل ہونے لگتا ہے۔ پناہ ڈھونڈتی ہوئی ابابیلوں اور سیاہ کبوتروں سے ٹکراتا گرتا پڑتا وہ پھر دو چار پتھر کھاتا ہے اور گھبرا کر بے تحاشا اندر کی طرف لپکتا ہے۔ یہاں کی بدبو کی تاب نہ لاتا ہوا پھر باہر بھاگتا ہے اور اس طرح وہ صدیوں پتھر کھاتا اور بدبو برداشت کرتا اندر سے باہر اور باہر سے اندر کی طرف ہانپ کانپ کر دوڑتا ہوا زندگی گذار دیتا ہے۔ اور اس کی ساری توانائی ختم ہونے لگتی ہے۔

دیواروں میں سمٹے ہوئے ہاتھ بہت دیر تک بے نیاز ہو کر یہ تماشا دیکھتے رہتے ہیں اور جب دروازوں پر بھی پتھر گرنے لگتے ہیں تو بوڑھے کے اندر آتے ہی دھڑاکے کے ساتھ وہ اپنے دروازے بند کر لیتے ہیں۔ کچھ دیر تک وہ لہولہان سر اور منہدم ہوتے ہوئے جسم کی تکلیف بھول کر اپنے پھیپھڑوں پر بدبُو کے حملوں کو جھیلتا ہے اور برداشت سے باہر ہو جاتا ہے تو دروازے کی طرف لپکتا ہے۔ باری باری وہ نڈھال قدموں سے ہر دروازے کی طرف بڑھتا ہے۔ لیکن کوئی ہاتھ اسے اپنا دروازہ کھولنے نہیں دیتا۔

اب گئے تو آنا نہیں ہوگا ... .. !

لیکن پتھروں کا حملہ ... .

وہ سب نہیں جانتے ... جانا ہے تو چلے جاؤ .. ... لیکن جب تک سوگباری بند نہ ہو جائے دروازہ نہیں کھلے گا اور شاید سنگباری اب کبھی بند نہیں ہوگی ... .. !

نہیں ہمارا وجود خطرے میں پڑ جائے گا ... ... !

دروازہ کھول دو .. ... شاید کوئی پناہ ڈھونڈھنے نکلے .. ..!

اوروں کی بات چھوڑو ... .. تمھیں جانا ہو تو چلے جاؤ .. ... لیکن سنگباری بند ہونے سے پہلے آنا نہیں ہوگا ... .. !

گھٹن اور بدبُو میں اضافہ ہو چکا ہے ۔۔ اس کا سانس لینا دو بھر ہو رہا ہے۔۔۔ دیواروں پر الگ کٹے ہوئے موٹے ہاتھوں میں آکسیجن ٹیوب نظر آتی ہے جس سے وہ اطمینان کے ساتھ سانسیں لیتے ہوئے اپنی اپنی دیواروں کی نگہبانی کر رہے ہیں۔ بوڑھا ان کی طرف رحم طلب نگاہوں سے دیکھتا ہے۔

مجھے بھی ۔۔۔ ۔۔۔!

باہر جاؤ ۔۔۔ ۔۔۔!

باہر بہت بارش ہو رہی ہے اولے بھی گر رہے ہیں اور سنگباری بھی ہو رہی ہے۔۔۔!

ہونے دو ۔۔۔ ۔۔۔!

مجھے سانس لینے میں دقت ہو رہی ہے ۔۔۔ ۔۔۔!

ہوتی رہے گی ۔۔۔ ۔۔۔!

بدبو برداشت سے باہر ہے۔ ۔۔۔ ۔۔ !

ہونہ۔

مجھے بھی آکسیجن ۔۔۔ ۔۔۔!

ہرگز نہیں ۔۔۔ ۔۔۔ ہم نے اپنے لیے حاصل کیا ہے۔۔ ۔۔۔!!

مَیں کیا کروں ۔۔ ۔۔!

کچھ نہیں ۔۔ ۔۔ !!!!

سارے ہاتھ زور زور سے ہوا میں بلند ہوتے ہیں۔

تب مجھے باہر جانے دو ۔۔ ۔۔ !

اب یہ بھی نہیں ۔۔ ۔۔ دروازوں پر بھی پتھر کی بارش ہونے لگی ہے ۔۔ ۔۔!

وہ ہکا بکا چاروں طرف دیکھنے لگتا ہے۔

دروازہ کھولو !! ۔۔ ۔۔ مرنا ہی ٹھہرا تو کھلی ہوا میں سانس لیتے ہوئے مروں گا۔

نہیں ! ... ... ہمارا وجود خطرے میں پڑ جائے گا ... ... !!!

تب میں کسی دیوار میں چھید کر دوں گا ... ... !

بڈھے ہم تمھاری بوٹی بوٹی ... ... !!!

مَیں جوان ہوں اس لیے کہ بوڑھا ہوں ... ... !

تم دیوار میں چھید کرو گے ... .

سارے ہاتھ حلقہ بنا کر اس کی گردن کی طرف بڑھنے لگتے ہیں۔ وہ کئی بار ان کے حملے کو انانیت کی ڈھال پر روکتا ہے۔

گھٹن بڑھتی جا رہی ہے۔ سانس لینا ناممکن ہو رہا ہے وہ بلبلانے لگتا ہے۔

تم لوگوں سے کیا جھگڑا ... ... میرا کسی سے کیا جھگڑا ... ... مَیں تو صرف جینا چاہتا ہوں ... ... کوئی بھی دیوار کِھسکے اور مجھے ہوا دے ... ... کوئی دیوار کھسکے اور مجھے تھوڑی سی ہوا دے ... ... کہیں سے کوئی دیوار ٹوٹے اور مَیں سانس لے سکوں ... ... !!!

اس وقت حادثہ ہوتا ہے۔ ایک دیوار رو کنے لگتی ہے اور سراتی سرد ہوائیں زن زناتی ہوئی محبوس کرے میں گھس آتی ہیں۔ طوفانی بارش اولہ باری اور باہر کی سنگباری کی تاب نہ لاتے ہوئے وہ دیوار پوری کی پوری ڈھ جاتی ہے۔

بوڑھا دیوار کے نیچے دب جاتا ہے۔ مرتا ہے نہ جیتا ہے۔ کچھ ابابیلیں اور سیاہ کبوتر اس کے جسم کا حصہ بن جاتے ہیں۔ ڈھنے والی دیوار پر منحصر کٹے ہوئے ہاتھ "ہائے دیوار" ... ... ہائے دیوار ... ..." چیختے ہوئے سینہ پیٹتے رہتے ہیں اور بقیہ سلامت دیواروں پر جمے ہوئے ہاتھ اپنی دیواروں کو بچانے کے چکر میں ان سے زوردار طریقے سے چمٹ جاتے ہیں۔

بوڑھے کی "بچاؤ ... ... بچاؤ ... ... کی آوازیں دھیرے دھیرے ڈوبتی جاتی ہیں! ابابیلوں اور سیاہ کبوتروں کی دلدوز چیخیں ہواؤں میں چھید کر دیتی ہیں اور پل پل کو ادھیڑ دینے والا سناٹا لمحے لمحے کو دہلانے والا شور اور یہاں سے وہاں تک ان دونوں کی زد میں کھنڈر ہوتی ہوئی زندگی تیزی کے ساتھ اُبھرتی جاتی ہے۔

گر بچن چندن

ایک اور سفر

سورج غروب ہو رہا تھا اور شام کے سائے اس کے صحن میں سیاہ چادر کی طرح پھیل گئے تھے۔ وہ اپنے ڈرائنگ روم کی کھڑکی سے بڑھتی ہوئی تاریکی کو پھٹی پھٹی آنکھوں سے دیکھ رہا تھا۔ دسمبر کی وہ شام کچھ اور بھی اندھیری ہو گئی تھی۔ اسے ایسا محسوس ہوا جیسے وقت اور موسم دونوں ہی اس سے خفا ہیں۔

دیوار کے کلاک نے چھ گھنٹے بجائے وہ چونک پڑا اور دیکھا کہ چھ بج گئے تھے۔

چھ سال پہلے اس کی زندگی میں دوبارہ بہار آگئی تھی لیکن چار ہی دن میں ایک کے بعد دوسری کا بھی ساتھ چھوٹ گیا۔

یہ ساتھ کیوں چھوٹ گیا؟ یہ ساتھ کیوں چھوڑنا پڑا؟ یہ سب کیوں ہوا؟ انھیں سوالوں پر سوچتے ہوئے اسے چھ سال ہو گئے تھے۔

وہ چاہتا تھا کہ ان سوالوں پر سوچنا چھوڑ دے اور زندگی کو ایک نیا رُخ دے لیکن مسلسل کوشش اور والدین کی تسلیوں کے باوجود وہ یہ نہ کر سکا۔

اس کے ذہن کے کسی پچھلے کونے میں آواز دبکی ہوئی تھی۔ یہ موقع محل دیکھ کر چپ چاپ اس کے کان میں کچھ کہہ دیتی۔ اس کی بدولت اُسے محسوس ہوتا کہ وہ جانتا ہے کہ اُلجھن کیوں پیدا ہوئی، جانتا ہے کہ اُلجھن کیسے دور ہو سکتی ہے لیکن ماتھے پر ایستادہ نگران

نظریہ اس خاموش اولاد کو بگڑنے نہ دیتا اور اسے بار بار یاد دلاتا کہ وہ مرد ہے۔ اپنے خاندان کا رکن اول۔ وہ خاندان جس کے بزرگ شاہی درباروں اور رئیسوں میں اونچا مقام رکھتے تھے۔ وہ ہر صورت میں اپنی آن قائم رکھتے اور اس سے کوئی سمجھوتہ نہ کرتے تھے۔

بزرگوں نے اس کا نام کپل کمار رکھا تھا لیکن گھر کے اس درباری ماحول میں بچپن ہی میں اہل خاندان اسے کمار کے نام سے بلاتے تھے۔

وقت گزرنے کے ساتھ ان کی حیثیت میں فرق آگیا لیکن پرانی روایتوں کا تاثر قائم رہا۔ رہن سہن میں وہی ٹیم ٹام آپسی گفتگو میں وہی خود پسندی اور مہمانوں کے سامنے وہی خودستائی برتی جاتی تھی۔ اس تربیت کے سبب کپل اپنے گھر میں ایک طرح دارمرد کی طرح تھا جس کی بول چال اور میل جول میں کروفر کا جذبہ جاری تھا۔ انجنیری کا امتحان پاس کرنے کے بعد اسے جلد ہی دلی کے قریب ایک تحصیل میں سرکاری افسر کی نوکری مل گئی تھی جس سے ان کے ٹھاٹ میں کچھ اور بھی اضافہ ہوگیا تھا۔

گھر کے مغل ماحول میں وہ ایک شیخو کی طرح ظاہر ہوتا تھا۔ ایک دن جب اس کے والد کسی دعوت سے لوٹا ہوا ایک سگار پی رہے تھے تو شیخو نے قریب آکر کہا۔" ابا حضور میں نے اپنی نور جہاں ڈھونڈ لی ہے۔ بس اب آپ کی منظوری کا انتظار ہے۔"

ابا حضور نے حکم دیا کہ اس کے والدین کو ان سے بات کریں۔ شیخو نے کہا وہ غریب ہیں۔ انھیں یہاں آنے میں تامل ہے۔ ابا حضور کا ماتھا ٹھنکا۔ سگار کو ایش ٹرے میں رکھ کر کپل کے پاس آئے اور اس کی آنکھوں میں غور سے جھانکا۔ انھوں نے چاہا کہ وہیں کہہ دیں کہ انتخاب طفلانہ ہے لیکن معاملے کو اپنی گرفت میں لیتے ہوئے کہا۔" میں دیکھوں گا جب تک میں خود فیصلہ نہ کرلوں تم کوئی قدم آگے نہ بڑھانا۔

اور پھر شیخو آگے قدم نہ بڑھا سکا۔ ابا حضور کا قول گھر میں حکم کا درجہ رکھتا تھا۔

تھوڑے دنوں میں اس کے والدین نے خود اس کے لیے ایک گھر ڈھونڈا کپل نے لڑکی دیکھی اور اسے پسند آئی۔ اسے اپنی سابقہ محرومی بھول گئی اور والدین کی بصیرت اور بصارت دونوں پر فخر ہوا۔

زندگی پوری آب و تاب کے ساتھ ایک شاندار پالکی میں اس کے شگفتہ اور مسکراتے شباب میں داخل ہوئی۔ یہ اس کے ۲۵ سال کے انتظار کا ثمر تھا۔ لیکن اس پالکی کو اس کے والدین نے ڈیوڑھی میں ہی اُتار لیا۔ اس کی آمد کا سود و زیاں دیکھا۔ جب کپل وہاں پہنچا تو اس کے سامنے کم و بیش کا میزان رکھا گیا۔ اس کو حکم ہوا کہ صحیح منزل کے لیے ایک سفر اور کرنا ہوگا۔

پالکی لوٹا دی گئی۔ کپل اس کی پچھلی روشنیوں کو دیکھتا رہا۔ اس میں اتنی ہمت نہ تھی کہ بڑھ کر پالکی کو واپس لے آتا یا اسے لوٹ آنے کے لیے آواز دیتا۔ اُلٹا جب اس نے دیکھا کہ ممی اور ڈیڈی اپنے غور و فکر سے بے حال ہو گئے ہیں تو وہ پالکی اور پھر اس کی راہوں کو گھورنے لگا۔ گھورتا رہا اور جھلاتا رہا۔ جھلاہٹ میں اس نے چاہا کہ پالکی کو پتھر مارے لیکن وہ اب اس کی دسترس سے باہر تھی۔

اس نے سوچا کہ وہ گم گشتہ رومان کا پھر پیچھا کرے۔ اپنی نور جہاں سے پھر ملے۔ اس کے ماں باپ نے اس کی حمایت کی۔ اس نے اس حمایت میں پوشیدہ کم اندیشی کو درگزر کیا۔ اور جاکر وہاں دستک دی۔ نور جہاں نے دروازہ نہ کھولا۔ کھڑکی ہی سے جواب دیا" تم عاشق نہیں بن سکتے۔ جاؤ خاوند بنو۔" شیخو نور جہاں کی نظروں سے بھی گر گیا۔

گھر پہنچا تو ڈیڈی کی وہی آواز پھر سُنائی دی۔ صحیح منزل کے لیے ایک سفر اور۔ اس کی خاموش آواز نے کہا۔ تُو نے منزل پاکر اسے چھوڑ دیا۔ منزل بار بار نہیں ملتی۔

اس نے سوچا کہ شدت آدمی کو کہاں سے کہاں لے جاتی ہے۔ یہ تصورات کی ہو۔ اطاعت کی ہو۔ اندازے کی ہو۔ اپنے عمل اور اثر میں بڑی ظالم ہے۔ یہ اک ایسی جدائی پیدا

کر دیتی ہے جو زندگی کو دو حصوں میں بانٹ دیتی ہے۔

خاموش آواز نے کہا۔ تمہاری زندگی اب دریا کے دو کناروں پر کھڑی ہے۔ دریا بہہ رہا ہے اور کنارے مل نہیں سکتے۔ تم نے خود اسے بازا اپنے ہاتھوں سے چیرا۔ اب تمہاری پشیمانیاں اور بزرگوں کی دعائیں دستی کاغذ کی کشتیاں ہیں۔

خاموش آواز کہہ رہی تھی تم نہیں چاہتے تھے لیکن چاہنے لگے۔ تم نہیں کر سکتے تھے لیکن کر گئے۔ صرف ایک آواز پر تم سیندور کو خون میں بدلنے کے لیے آمادہ ہو گئے تم نے اپنی دُلہن کی مانگ میں گھائل تمناؤں کا خون بھر دیا۔

اس کا نگران نظریہ آگ بگولا ہو گیا۔" جذبات کی اس راگنی کو بند کرو۔ یہ خاندان کی عزت کا سوال ہے۔ جہاں ماں باپ خوش نہ ہوں وہاں پُرکھوں کی آتما بھی سُکھی نہیں رہتی۔

خاموش آواز نے پیچھے ہٹتے ہوئے کہا" تم نے ان کی خوشی کے لیے کیا نہیں کیا لیکن گُم شدہ مسرت تو واپس نہیں آتی۔"

کپل نے سر کو جھٹکا میری رجائیت کہاں گئی۔ میری جرأت کہاں گئی۔ میری قوتِ عمل کہاں گئی۔ مَیں بار بار ماضی کی طرف کیوں جاتا ہوں۔ زندگی بنانے کے لیے آگے دیکھنا ہوگا۔ آگے چلنا ہوگا۔ اس نے دونوں ہاتھوں کی اُنگلیوں کو ایک دوسری میں باندھتے ہوئے کہا۔ رفیقِ حیات کے لیے ایک کوشش اور کرنی ہوگی۔ زندگی کے راستے کبھی بند نہیں ہوتے۔ اس نے باہیں کھولیں۔ بازوؤں کو آغوش کی شکل دی اور انتظار کرنے لگا۔ شاید اس کے ذہن کے کمرے پر کوئی دستک دے لیکن اس اندھیرے کمرے پر کوئی دستک نہ ہوئی۔ اس کی آغوش بنتے ہی مٹ گئی۔ اسے محسوس ہوا کہ رفیقۂ حیات کے لیے اسے پھر اسی دُنیا میں جانا ہوگا جو اس پر خندہ زن ہے۔ اسی سماج میں جانا ہوگا۔ جس سے وہ آنکھ نہیں ملا سکتا۔ وہ جب تک وہاں نہیں جاتا محفوظ ہے۔ لوگوں کی نظریں اسے گھورتی نہیں ہیں۔ ان کی آوازے اس پر اُٹھتے نہیں ہیں۔ ان کی باہمی بے خبری میں ایک عافیت

ہے اس کے تحت الشعور نے پھر کروٹ لی اور اسے محسوس ہوا کہ انسان دُنیا سے چھپ سکتا ہے. سماج سے دُور جا سکتا ہے۔ اپنی بیوی اور اہلِ خاندان سے علیٰحدہ رہ سکتا ہے لیکن اپنے آپ سے ایسا نہیں کر سکتا۔ یا اس کا سب سے بڑا مشاہدہ معاون اور محتسب وہ خود ہے۔ اسے محسوس ہوا کہ ایک اور سفر کے لیے اس کے پاس وہ تصور اور ایمان نہیں ہے جو منزل کو اس کے قدموں پر ڈال دے۔ اس کی منزل دُور سے دُور تر ہوتی جا رہی ہے۔

اس کی خاموشی آواز موقع دیکھ کر پھر نکل آئی تم نے اسے کیوں جانے دیا۔ وہ تمہاری ۲۵ سال کی انتظار کا صلہ تھی۔ اور یاد ہے وہ واپس بھی آگئی تھی۔ اس واپسی میں زندگی عورت اور محبت کا ایک بھرپور روپ تھا۔ لیکن تم اسے دیکھ نہ سکے۔ تمھیں جرأت ہی نہ ہوئی۔

نگراں نظریے نے سینہ تانا "تم اسے چھوڑ چکے ہو۔ سمجھوتہ تمھاری آن کے خلاف ہے۔ مردانگی مسلسل کوشش میں ہے۔"

اس نے مشورے کو زیرِ لب دُہرایا۔ پھر سوچا کہ وہ اسے چھوڑنے میں تو کامیاب ہو گیا لیکن اسے بدلنے میں کامیاب نہ ہو سکا۔ وہ مشورے جو اس کی پہلی کامیابیوں میں کارگر ہو گئے تھے اب حلق سے نہ اُترتے تھے۔

اس کے اندر محرومی کا احساس بیدار ہوا کہ اور آہستہ آہستہ اس پر غلبہ پانے لگا۔ لیکن بچپن کی تربیت اور لاڈ لڑکپن کی خودسری اور بہکاؤ اور جوانی کی کامیابی اور لگاؤ نے اس احساس کو مرکز پر نہ آنے دیا۔ اس نے سوچا کہ وہ برتر ہے اس لیے محروم نہیں ہو سکتا پھر سوچا کہ وہ محروم ہے اس لیے برتر نہیں ہو سکتا۔

یہ اُدھیڑبُن اس کا مستقل روگ بن چکی تھی۔ آج کی رات تو گویا اس کے لیے قیامت لے کر آئی تھی۔

کاٹتی ہوئی تنہائی نوچتی ہوئی محرومی اور زچ کرتی ہوئی یادیں کس قدر اذیت ناک تھیں۔ وہ رو سکتا تو روتا۔ بول سکتا تو بولتا لیکن اس کی حالت اِس بچے کی سی تھی جسے سخت

تکلیف ہو اور اسے ایک تنہا اور بند کمرے میں چھوڑ دیا جائے۔ وہ روتا ہو تو کوئی اس کی آواز نہ سُنے۔ بھاگتا ہوا باہر نہ آسکے۔ اور پھر وہ سسکتا سسکتا تھک جائے۔ آنسوؤں سے نم چہرے کے ساتھ گیلے بازوؤں کے تکیے پر سو جائے اور جب بیدار ہو تو پھر رونے لگے۔

اسے ایسا محسوس ہوا کہ صحن کے اندھیرے میں ایک ہیولی گھوم رہا ہے۔ کھُلے بالوں سے ڈھکے ہوئے کسی چہرے کی آنکھیں اسے گھور رہی ہیں اور اس کی طرف بڑھتی آرہی ہیں۔ وہ اٹھا اور دروازے کے کواڑ بند کرنے لگا۔ دروازے کی دہلیز پر اسے ایک سسکتی ہوئی آواز سُنائی دی جیسے کوئی دکھی دل دھیرے دھیرے کراہ رہا ہو وہ کھڑکی کے پاس آکر بیٹھ گیا۔ لیکن دو آنکھیں دو اُداس اور ناراض آنکھیں جنھیں وہ دیکھ نہ سکتا تھا اسے برابر دیکھ رہی تھیں۔

اس نے صحن کی طرف سے مُنہ پھیرا اور کھڑکی کی طرف پیٹھ کرلی۔ اسے محسوس ہوا کہ اس کے بڑے صوفے پر ایک دُلہن بیٹھی ہے اور اس سے کچھ پوچھنا چاہتی ہے۔ اس نے وہاں سے بھی نگاہیں ہٹالیں اور اوپر چھت کی طرف دیکھا۔ وہی ناراض اور اُداس آنکھیں اسے وہاں سے بھی جھانک رہی تھیں۔ وہ اُٹھا اور اندر کے دروازے سے بیڈ روم میں داخل ہوگیا لیکن وہ صوفے والی دُلہن اس سے پیشتر وہاں پہنچ گئی۔ وہ اس کے ڈبل بیڈ کے درمیان میں لیٹی ہوئی تھی۔ دو چھوٹے چھوٹے بلب نرمی سے روشن تھے اور وہ اسے اپنی بانہوں کا تکیہ پیش کر رہی تھی۔

کپل نے سر کو جھٹکا "میں وہاں نہیں جاؤں گا۔ میں اسے پیار نہیں دے سکتا۔" وہ بڑبڑایا۔ میں اس پتنگ کی مانند ہوں جس کی ڈور کسی اور کے ہاتھ میں ہے۔

اس نے اپنی آنکھیں بند کرلیں۔ روشنی بجھ گئی۔ وہ واپس کھڑکی کے پاس گیا بند آنکھوں میں وہ اور زیادہ نظر آنے لگی جیسے اس کے پہلو میں بیٹھی ہو۔ اس کے بالوں میں انگلیاں پھیر رہی ہو۔ اس کے ہونٹوں سے سگریٹ اُتار کر ایش ٹرے میں دبا رہی ہو۔ اس نے جلدی سے آنکھیں کھول دیں اور سگریٹ سُلگا کر ہونٹوں سے لگالیا۔

دھوئیں کے حلقوں میں کئی تصویریں بننے لگیں۔ وہ صبح کی چائے لا رہی ہے۔ کوئی دلچسپ خبر سنا کر اخبار پیش کر رہی ہے۔ ناشتہ کی اشیا کا ذائقہ پوچھ رہی ہے۔ کوئی اس کی نکٹائی کی گرہ کو سیدھا کر رہی ہے۔ اس کی جیب میں رومال لگا رہی ہے۔ کلائی پکڑ کر مسکرا رہی ہے اور میٹھے نرم لہجے میں پوچھ رہی ہے۔" دفتر سے کتنے بجے لوٹ آؤ گے؟"

"میں نہیں آؤں گا" کپل نے گھبرائے اور سٹپٹاتے ہوئے کہا۔

کلاک نے دو بجائے۔ اسے محسوس ہوا کہ کلاک کی آواز میں اس کی شکست اور ندامت کا اعلان ہے اس نے سوچا وہ جاکر سو جائے۔ شب بیداری سے کچھ نہیں ملے گا۔ لیکن اس کی آنکھوں میں نہ نیند تھی نہ ذہن میں چین۔

اس نے ایک اور سگریٹ سلگایا اور ڈائری لکھنے لگا۔ ٹھٹھری ہوئی فضا میں دھوئیں کے حلقے اس کے ماتھے پر یلغار کرتے رہے ان حلقوں کے جھروکوں سے وہ کبھی کبھی کلاک کی طرف دیکھتا۔ اس کی نظریں ان خطوط پر جم جائیں جو اس نے کلاک کو صحیح مقام پر رکھنے کے لیے کھینچے تھے۔ یہ راستی کے نشان ہیں۔ ہمارے آئینہ وقت کو یہیں جم کے رہنا چاہیئے۔ اسے اس کے الفاظ یاد آئے۔ اسے محسوس ہوا کہ کلاک کی ٹک ٹک میں اس کی سانسوں کا ایک ساتھی ہے۔

اس ساتھی کے ساتھ اس نے باقی رات آنکھوں میں گزار دی۔

کلاک نے آٹھ بجائے۔ نئے سورج کی روشنی جو پہلے اس کے صحن میں دبے پاؤں آتی تھی اب اطمینان سے اس کے کمرے میں داخل ہو چکی تھی۔

اس نے دیر سے سلگتے سگریٹ کی راکھ کو جھاڑا۔ ڈائری کو میز پر رکھا اور ایک لمبی انگڑائی لی۔

وہ کچھ اونگھنے سا لگا اور پھر یہ سوچتے ہوئے کہ آج اتوار ہے اور دفتر جانے کا کوئی

جھمیلا نہیں صوفے ہی پر دراز ہو گیا۔

اسی اثنا میں اس کے والد وہاں پہنچے۔ انھوں نے بیٹے کو سوتے ہوئے دیکھا تو کمرے میں چپ چاپ داخل ہو کر اس کے بڑے صوفے پر بیٹھ گئے۔

معاً کپل کی آنکھ کھلی تو اس کی حیرت کی انتہا نہ رہی۔ اسی صوفے پر جہاں وہ رات بھر اپنی دُلہن کو دیکھتا رہا تھا صبح سویرے اپنے والد کو دیکھ کر اسے اپنی آنکھوں پر یقین نہ آیا۔

"آپ یہاں کیسے؟ میرا مطلب ہے کب آئے" اپنی ذہنی پریشانی کو چھپاتے ہوئے پوچھا۔ والد نے اسے اُٹھا کر اپنے پاس بٹھایا، دیر تک اس کی بوجھل آنکھوں اور خشک چہرے کو دیکھا۔ پھر بڑی شفقت سے کہا۔

"یہ تصویر دیکھو۔ بہت اچھی لڑکی ہے۔ گھر بھی بہت اچھا ہے۔ تمھاری ممّی اور میں نے اسے پسند کر لیا ہے۔ اب تم چل کر دیکھ لو۔"

کپل یک لخت کھڑا ہو گیا اور درد و کرب سے پکارا۔ "ڈیڈی مجھ سے یہ نہیں ہوگا نہیں ہوگا۔" اور سسکیاں بھرنے لگا۔

اس کے والد کے پاؤں سے زمین نکل گئی۔ وہ بھانپ گئے کہ پانی سر سے گزر چکا ہے۔ انھوں نے سخت لہجہ اختیار کرتے ہوئے کہا۔ "کپل ماضی کو بھول جاؤ اور اس پیش کش کو تھام لو۔"

کپل کی چیخ نکل گئی۔ اس نے تصویر کو گھورا۔ دو قدم آگے بڑھا۔ والد سے بات کرنے کی کوشش کی لیکن زبان نہ کھل سکی۔ اس نے نچلے ہونٹ کو دانتوں سے دبایا اور گھر سے باہر نکل گیا۔

جیلانی بانو

چابی کھو گئی

ایک چھوٹی سی چابی تھی۔

میز کے خانے میں ایک چھوٹی سی ڈبیہ کے اندر رکھی تھی۔

کئی بار میں نے یاد کیا۔ یہ چابی کس تالے کی ہے میری میز کے خانے میں دوا کی خالی ڈبیہ میں کہاں سے آئی؟

پھر سوچا۔ چابی ہمیشہ حفاظت سے رکھنا چاہیئے۔ کوئی نہ کوئی قفل اس سے کھل ہی جاتا ہے۔ پڑا رہنے دو۔ کیا پتہ۔ میری آتما کی طرح کسی اور قفل کے اندر بھی بہت سارے بھید خواہشیں شک اور اندیشے بند ہوں کسی کنجی کے انتظار میں۔ میں جو ایک زمانے سے کھوج رہی ہوں۔ سوچ رہی ہوں کہ میرے اندر کیا ہے۔

یہ جو لوگ میرے سامنے بیٹھے ہیں ہنس رہے ہیں رو رہے ہیں۔ کیا واقعی ہنسی ان کے دل کے جھرنوں سے پھوٹ رہی ہے۔ کیا واقعی آنسو ان کے دل میں چھپے ہوئے تھے۔

میں ان کے دلوں میں کیوں نہیں جھانک سکتی۔ میں انسان کے بدن کو چیر کے اس کی آتما کو کیوں نہیں دیکھ سکتی۔ اپنی اس بے بسی پر مجھے جھنجھلاہٹ سی ہوتی ہے اور غصہ بھی آتا ہے۔ بعض وقت جی چاہتا ہے سب کچھ چھوڑ دوں۔ ڈاکٹری کی پڑھائی اور اودیش

کی محبت ماں کا ایثار۔ اس زندگی کے معنی آخر کیا ہیں۔ بعض باتیں کتنی ناقابل فہم اور حقیقت سے دور لگتی ہیں۔ حقیقت کیا ہے؟ ـــــ بس یہی میں کھوجنا چاہتی ہوں۔

اس وقت جب میں اودیش کی محبت میں سب کچھ بھول جاتی ہوں۔ اس کے سارے وعدوں دعووں اور خواہشوں کو مانتے وقت بعض وقت یہ باتیں مجھے عجیب سی لگتی ہیں۔ ہر وقت اودیش کے خیال میں کھوئے رہنا زندگی کے ہر دور میں ہر پل میں اسے شامل کرنا۔ یہ کتنا بڑا کام تھا۔ کتنا مشکل کام اور میں نے کتنی آسانی سے اپنی تمام چابیاں اودیش کو تھما دی تھیں یہ ایک ایسے لاابالی لڑکے کو جو بقول ممی بالکل ناسمجھ تھا۔ جو نہیں جانتا تھا کہ زندگی کے سارے دن ایسے روپہلے چمکیلے نکیلے نہیں ہوں گے جیسے اب ہیں۔ مگر میں نے تو یہ کبھی نہیں سوچا اپنی اور اودیش کی محبت کو تولنے کے لیے کبھی ترازو نہیں اٹھائی۔ اس کے باوجود میرا دل شک سے بھرا ہوا تھا۔ جیسے یہ سب ڈھونگ ہے۔ فراڈ ہے۔ اس دنیا سے اس چھل کپٹ والے سنسار سے میرا کوئی سمبندھ نہیں ہے۔ جب تک میں انسان کے دل کو نہیں دیکھوں گی میرا اودیش سے بھی کوئی سمبندھ نہیں ہے۔ جس وقت وہ میرے پاس ہوتا ہے۔ مجھے اپنی محبت کا سو سو طرح سے یقین دلاتا ہے تو میں اور وسوسوں میں ڈوب جاتی ہوں۔ آخر میں یہ کیسے سمجھوں کہ اودیش کے دل میں صرف میں ہوں۔ اس کی تو ہر چیز بند پڑی ہے۔ ایک چابی کے انتظار میں جو نہ جانے کس میز کے خانے میں سو رہی ہے۔

میڈیکل کالج کے ڈاکٹر سوری نے ایک بار ڈس سیکشن ہال میں ہم سے کہا تھا "مرد اور عورت دونوں انسان ہیں اس کے باوجود ان کے جسموں کا خون ان کی فطرت کا فرق بن جاتا ہے اور یہیں سے انسانی جسم پر ریسرچ کو الگ الگ کیا جاتا ہے"۔

ہال میں بیٹھے ہوئے ہم سب لڑکے لڑکیاں منہ اٹھائے ڈاکٹر سوری کے نوٹس لے رہے تھے۔

اگر آپ کسی مرد کا بدن کھول کر دیکھیں تو ـــــــــ

اور میں کانپ اُٹھی

کیا میں اودیش کا ڈس سیکشن کردوں۔ اس کا دل کھول کر دیکھوں۔ اس رات میں بار بار اودیش کے بدن پر نشتر چلاتی رہی ڈاکٹر سوری کے بتائے ہوتے تمام نشانوں کو میں نے اپنے لمبے لمبے ناخنوں والی اُنگلیوں سے ٹٹولا۔ مگر مجھے کچھ نہ ملا۔

"جب مَن کی آنکھیں کھُل جائیں تو آتما کو شانتی مل جاتی ہے۔"

یہ بات ایک بار میں نے اپنی دادی سے سُنی تھی۔

من کی آنکھیں میں بھی اپنی من کی آنکھیں کھولوں گی تاکہ سب کا مَن دیکھ سکوں۔ ارودیش کا دل دیکھ سکوں۔ جانے میں اس میں ہوں بھی یا نہیں۔

اور کیا " مرد کی محبت کا کوئی بھروسہ نہیں ہوتا۔ ممکن ہے وہ صرف زبانی محبت کا ڈھونگ رچا رہا ہو اور اس کے دل میں کوئی اور سُرخ گلاب جیسی عورت بھی ہو۔

میں ڈاکٹر کیسے بنوں گی جب تک انسان کے دل کا بھید نہ جانوں۔ میں کسی کا روگ کیسے مٹاؤں گی۔ کیا اوپری دواؤں سے انسان کا دُکھ دُور ہوسکتا ہے۔

لیکن مجھے من کی آنکھیں کھولنے والی چابی کہیں نہ ملی۔ —— سارے کونے ٹٹول ڈالے۔ مکڑیوں کے جالے بھرے اندھے کنوؤں میں کھوجتی پھری اور پھر ایک رات یوں ہوا کہ میں سوتے سوتے سے چونک پڑی۔ یوں لگا جیسے نور کا ایک ہالہ مجھے اپنے گھیرے میں لیے ہوئے ہے۔ بڑی سنہری روپہلی سی رات جگمگا رہی تھی اور میرے سامنے ہر چیز انلارج ہو کر بے حد صاف شفاف ننگی دھڑنگی موجود تھی۔ میں اپنے بستر سے اوپر اُٹھنے لگی۔ چاروں طرف دیکھا۔ ہر چیز کی تہ کو اس کی حقیقت کو جو میرے سامنے عیاں تھی۔ اپنے تمام لبادے اُتارے ہوئے۔

مجھ میں اب ایک بے پناہ طاقت آچکی تھی کیونکہ میری آنکھوں کی جوت آج ہزار گنا بڑھی ہوئی ہے۔ اب میں ہر چیز کے اندر کا حال دیکھ سکتی تھی۔ اس گھڑی کے

اندر کیا بھید ہے جو یہ مسلسل حرکت کئے جا رہی ہے۔ میرے پاس والے پلنگ پر ممی سو رہی تھیں۔

میری ممی جو اٹھارہ برس کی عمر میں بیوہ ہو گئی تھیں مگر اس کے بعد انھوں نے کسی مرد کی طرف نہیں دیکھا۔ بس مجھے پالنے میں لگی رہیں۔ روز صبح پوجا کے بعد ممی ایک سرخ گلاب ڈیڈی کے فوٹو کے پاس رکھ دیتی ہیں۔ بعض وقت میں گھبرا کے سوچتی ہوں کہ کہیں یہ ممی کا روٹین تو نہیں بن گیا ہے۔ روز ایک گلاب فوٹو کے پاس رکھنا۔ کیا سچ مچ ممی اس ڈیڈی کے خیال کو سینے سے لگا کر سوتی ہیں جو صرف اٹھارہ برس کی عمر میں ممی کو اکیلا چھوڑ گئے۔ آج میں ممی کے اوپر پھیلا ہوا بلانکٹ اٹھا کر دیکھوں گی میں بستر سے اٹھی —— اندھوں کی طرح۔ آج میری آنکھیں دنیا کی تلخ حقیقتوں کو دیکھنے کے خیال سے جل رہی تھیں۔ میرے ہاتھ میں دلوں کو کھوجنے والی چابی آ گئی تھی۔

نہیں —— میں نے ممی کے بلانکٹ کو چھو کر چھوڑ دیا۔

میں سب سے پہلے اودیش کو دیکھوں گی کیونکہ میں نے اپنے دل میں اسے بند کر کے چابی ایک میز کے خانے میں رکھ دی ہے کیونکہ میں نے زندگی بھر کے لیے اس کی ہو جانے کا وعدہ کیا ہے۔ جس طرح میں نے سدھو سے کوئی وعدہ نہیں کیا۔ سدھو کتنا خوفناک لگتا ہے۔ درندوں کی طرح۔ جیسے موقع ملتے ہی پھاڑ کھائے گا۔ بعض لوگوں سے جانے کیوں آپ ہی آپ ڈر لگتا ہے۔ یہ ڈر کہاں سے آتا ہے۔ کیوں آتا ہے۔ کچھ پتہ ہی نہیں چلتا۔ ایک بار مجھے کلاس میں سدھو سے پن لینا پڑا تھا دوسرے دن وہ پن لینے آیا تو میں نے بلاؤز کے گریبان کو ٹٹول کر کہا۔

"شاید میں گھر بھول آئی۔ تمھیں یاد ہے کہ کل میں نے کون سا بلاؤز پہنا تھا اور سدھو نے بڑی کٹیلی طنزیہ نظروں سے دیکھ کر کہا تھا۔"

"نہیں۔ اگر یاد رکھتا تو وہ یاد بھی کہیں کھو جاتی۔"

اس دن مجھے خیال آیا کہ میز کے خانے میں رکھی ہوئی چابی کہیں سدھو کی نہ ہو۔ شاید اسے بھی بھول جانے کی عادت ہو جبھی تو آئے دن نئی نئی لڑکیوں کے ساتھ گھومتا ہے اور پُرانی دوستوں کو جیسے پہچاننا بھی مشکل ہے۔ اس کے لیے کبھی قیصر کے ساتھ ہے کبھی روپا کے ساتھ۔ انجم کہتی ہے مجھے تو سدھو کی داڑھی سے بڑا ڈر لگتا ہے۔

اس لیے کالج میں داخل ہوتے وقت ایک دن میں اودیش سے لپٹ گئی تھی۔

"وہ دیکھو۔ سدھو آرہا ہے۔ مجھے اس سے بہت ڈر لگتا ہے۔"

"میں تمھارے ساتھ ہوں ـــــــ" اودیش نے میرا ہاتھ تھام کر کہا تھا۔

"اپنے راستے جانے والوں سے ہمارا کیا کام۔"

لیکن آج میں اودیش کو دیکھوں گی۔ اپنے من کی آنکھوں سے۔ معلوم تو ہو کہ میں اس کے دل میں ہوں بھی یا نہیں۔

اب میں اپنی آنکھیں بند رکھوں گی اور صبح سب سے پہلے اودیش کو دیکھوں گی۔

مگر جانے کیا بات ہوئی۔

اُجالا پھیلا تو ہر چیز غائب ہو چکی تھی۔ میری آنکھوں کی غیر معمولی جوت۔ نور کا ہالہ، ہر چیز ختم ہو گئی تھی۔

اور میں وہی چھوٹی چھوٹی آنکھوں والی لڑکی گوگلز لگائے کالج کی طرف جا رہی تھی تو میرے ساتھ لوگوں کا ہجوم تھا۔ سائیکلوں پر۔ کاروں میں۔ پیدل۔ سب اپنے دلوں میں ہزاروں بھید چھپائے چہرے پر جھوٹے رنگ ملے چل رہے تھے۔

ہاسٹل آئی تو کوری ڈور میں سدھو کھڑا ایک میگزین دیکھ رہا تھا ـــــ آخ تھو ـــــ میں فوراً لائبریری کی طرف مُڑ گئی تاکہ دوسرے راستے سے اندر جاؤں۔

بعض وقت جانے کیوں ایسا گمان ہوتا ہے جیسے کوئی ہمارے ساتھ ساتھ چل رہا ہے کوئی ہمیں گھورے جا رہا ہے۔ اب پلٹ کر دیکھیں گے تو کوئی سامنے کھڑا ہوگا اور ہمیشہ

ایسا ہی ہوا۔ جب بھی میں نے پلٹ کر دیکھا اودیش آرہا تھا۔ جب نظریں اٹھائیں اور پیش نظر آیا۔ اودیش یوں لگتا جیسے وہ میری رگوں میں خون بن دوڑ رہا ہے۔ ایک دن میں اسے من کی آنکھیں کھول کر دیکھوں گی اپنی آتما کی شانتی کے لیے۔ جس دن میرے من کی آنکھیں کھلیں گی میں دوڑی ہوئی اس کے پاس جاؤں گی۔ ایک مردے کے دل کا ڈس سیکشن کرنے تاکہ میری بے قرار آتما کو شانتی مل جائے۔ اس طرح میں ساری دنیا کو پہچان لوں گی، ہر چیز کی حقیقت جان لوں گی۔

"آپ بتائیے اس مرض کی اصل وجہ کیا ہے۔"

ہاسپٹل میں ڈاکٹر باری ہماری پریکٹیکل کلاس لے رہے تھے ہمارے سامنے میز پر چودہ پندرہ برس کا لڑکا لیٹا بڑی مایوسی سے دیکھ رہا تھا میں نے گلے میں پڑا ہوا اسٹیتھسکوپ اس کے سینے پر رکھا اور اچانک مجھے دھکا سا لگا۔ میرے چاروں طرف نور کا ایک ہالہ سا پھیلنے لگا۔ سنہرے روپہلے تارے سے جگمگا رہے تھے۔ ہر طرف پھیلی ہوئی ڈیٹول کی ناگوار بو ایک مدھوش سی خوشبو میں بدل گئی تھی۔ ہر چیز جیسے اعارج ہوکر میرے سامنے کھلی پڑی تھی۔

میرے من کی آنکھیں کھل چکی تھیں۔ میں لڑکے کو دیکھ رہی تھی۔ جس کے دل میں زندگی کی خواہش ایک دئے کی طرح ٹمٹما رہی تھی۔ لیکن موت اس کے قریب کھڑی تھی۔

"ڈاکٹر اس مرض کا نام ہے زندگی کا یقین —— اسے یقین دیدو وہ ٹھیک ہو جائے گا۔

اور میں وہاں سے بھاگی۔ اودیش کو ڈھونڈھنے۔ پاگلوں کی طرح میں نے ایک ساتھ کئی کئی سیڑھیاں پھلانگیں۔

بڑے ہال میں سدھو کھڑا تھا۔ ایک اینگلو انڈین لڑکی کی کمر میں ہاتھ ڈالے شاید اسے جنم جنم ساتھ دینے کا یقین دلا رہا ہو۔ اس نے اپنی لمبی داڑھی کو سیاہ جالی سے باندھ رکھا تھا اور بند گلے والا سُرخ سوئٹر پہنے تھا لیکن ایک منٹ، کے ہزارویں حصے میں اس کی آتما کو میں نے دیکھ لیا —— اس کا دل سورج کی طرف میرے سامنے روشن

تھا اور اس کے اندر انجم کھڑی تھی ـــــ انجم جو سدھو کی طرف دیکھ کر تھوکنا بھی پسند نہیں کرتی۔

دیکھا ـــــ آج کیسے کیسے بھید عیاں ہو رہے ہیں ـــــ

اور وہ کہاں ہے۔ اودیش ـــــ اودیش یہاں ہے ـــــ کیا اودیش آیا ہے۔ میں سارے ہاسپٹل میں بھاگتی پھر رہی تھی۔

کیا ہوا ـــــ کیا ہوا ـــــ

میرے پیچھے لڑکے لڑکیوں کا ہجوم بڑھتا جا رہا تھا وہ سب حیران تھے کہ آج میں دیوانوں کی طرح اودیش کو کیوں ڈھونڈھ رہی ہوں حالانکہ میں نے اپنے اور اودیش کے پیار کو سارے میڈیکل کالج سے چھپایا تھا۔ ہم بظاہر صرف دوستوں کی طرح ملتے تھے لیکن آج میں اودیش کے دل میں چھپی ہوئی شبیہہ کو دیکھ لونگی۔

"آج اودیش ہاسپٹل نہیں آیا۔"

ہے بھگوان ـــــ کب کیا کروں ... اتنے لوگوں سے کیسے پیچھا چھڑاؤں گھبرا کے میں ٹائلٹ روم میں گھس گئی۔ سامنے بہت بڑا آئینہ تھا اور اس کے اندر میں کھڑی تھی ـــــ سورج کی طرف واضح۔ زمین سے آسمان تک اُبلا رج کی ہوئی۔ میرا دل سُرخ گلاب کی طرح کھلا ہوا تھا اور اس کے بیچ میں سدھو کھڑا تھا ـــــ لاپروا ـــــ بے مہر ـــــ خوفناک ـــــ

رات کو میں نے گھبرا کے جلدی جلدی میز کا خانہ کھولا اور دوا کی ڈبیا باہر نکالی مگر وہ چابی کہیں کھو گئی تھی ـــــ

رتن سنگھ

رگِ سنگ

اس کے پاؤں کے پتھر پر مٹی کر ب جمنا شروع ہو گئی تھی، اس کا احساس تو اس چٹان کو نہیں ہو پایا تھا، لیکن جس دن اس مٹی کی تہہ ذرا سی پھوٹی اور اس میں سے کوئی ہری سی چیز نمودار ہوئی تو چٹان کو خوشی بھی ہوئی اور حیرانی بھی۔ اس کے ساتھ ہی یہ جاننے کے لیے تجسس بھی بڑھا کہ آخر یہ ہے کیا چیز؟ کوئی ہیرا ہے یا نگ ہے؟ یہ اس کے اپنے اندر سے پھوٹ کر باہر نکلا ہے یا کسی ہوا کے جھونکے کے سہارے اڑتا اڑتا باہر سے آکر گرا ہے؟

لیکن دوسرے تیسرے روز ہی جب چٹان کو یہ پتہ چلا کہ یہ کوئی ہرا پودا ہے جو اس کی اپنی کوکھ سے اُگ کر بڑا ہو رہا ہے تو جیسے اس کے بے جان ریشوں میں جان آگئی۔ ہرا پودا جو اس کی ہستی کا ایک حصہ تھا وہ اس کے لیے ہیرے اور نگ سے بھی زیادہ قیمتی تھا۔ اس لیے اس کے سارے وجود میں خوشی کی لہر دوڑ گئی۔

اس کا سارے کا سارا پتھر وجود ممتا کے مارے پانی میں ڈھل کر اس پودے کو سینچنے کے لیے بے چین ہو اُٹھا۔ لیکن وجود کی مجبوری اس کی پانی پانی ہوئی ممتا کو پتھر کئے دے رہی تھی: سخت، بے حس، بے جان پتھر کی چٹان، جو نہ ہل سکتی ہے، نہ بول سکتی ہے اور جس کے تمام لطیف احساسات اس کے وجود میں پتھر ہو کے پڑے رہتے ہیں۔

لیکن اس پر بھی اس چٹان نے خوشی اور فخر سے اپنا سر اُونچا اُٹھا کر اپنے ساتھ ہی کھڑے پہاڑ کی بلند اور سب سے اُونچی چوٹی کی طرف دیکھا، جس کا کبھی وہ حصہ تھی۔ جیسے وہ اسے بتانا چاہتی ہو۔ دیکھو دیکھو میرے ہاں پودا ہوا ہے۔ دیکھو میں ماں بنی ہوں۔ ذرا نظریں جھکا کر نیچے دیکھو، یہ پودا کتنا نرم و نازک ہے۔ اُن بادلوں سے بھی زیادہ نرم و نازک جو تمہارے گرد اکثر منڈلایا کرتے ہیں۔

دراصل یہ چٹان خود کبھی اس بلندی کا حصہ تھی جس کی طرف وہ اس وقت دیکھ رہی تھی۔ پتہ نہیں کتنے برس پہلے، شاید سینکڑوں، شاید ہزاروں برس ہوئے جب کوئی زلزلہ آیا تھا اور وہ ایک دھماکے کے ساتھ اس بلندی سے گر پڑی تھی۔ تب سے وہ ہمیشہ حسرت سے اس بلندی کی طرف دیکھ دیکھ کر آنسو بہانے کی کوشش کرتی تھی۔ لیکن پھر وہی مجبوری۔ اس کے آنسو بھی پتھر بنے اس کے وجود سے ہی جڑے رہ جاتے تھے۔ اور وہ یہ سوچ سوچ کر پریشان ہوتی تھی کہ اس بلندی سے نیچے گر کر اس کی ہستی کس قدر بے معنی اور چھوٹی ہو گئی تھی۔ جب وہ اس بلندی کا حصہ تھی تو بادلوں کے پرے کے پرے اُڑتے ہوئے آتے اور ان سے اٹکھیلیاں کرتے کرتے اس کا وجود خوشی کے مارے بھیگ بھیگ جاتا اور پھر اپنے سے نیچے پہاڑیوں کو دیکھ کر اُس کو اپنی بلندی جب اسے عظمت کا احساس دلاتی تھی تو ایسا محسوس ہوتا تھا جیسے وہ خود اُونچے آسمان کا ایک حصہ ہے اور اس کا وجود بھی دوسروں کے لیے ستاروں کی طرح چمک رہا ہے! ایسے لمحوں میں اپنے آپ کو ستاروں سے گھرا ہوا پا کر اس کا سر فخر سے تن جاتا تھا، اور بلند ہو جاتا تھا۔ لیکن یہ تو سب پرانی باتیں ہیں، اتنی پرانی کہ اُن کی یادیں بھی دھندلی ہو گئی ہیں۔ اب اُسے یاد نہیں آتا کہ بادلوں کی نرمی کیسی ہوتی ہے۔ اب تو بادل آسمان کی دوری سے برستے ہیں اور وہ اپنے آنسوؤں میں نہا نہا جاتی ہے۔ اب اُسے یاد نہیں پڑتا کہ ستاروں کے بیچ میں رہ کر کتنا اچھا لگتا ہے۔ اب تو اس کی تمام خوش گوار یادوں پر سینکڑوں سالوں کے لمحوں کی دھول اَٹ گئی ہے۔

لیکن جس طرح وقت گزرنے کے ساتھ ساتھ اپنے دکھ، اپنے غم عزیز لگنے لگتے ہیں، اسی طرح اس چٹان کو بھی اب یہ وقت کی دھول اچھی لگنے لگی ہے۔ کیونکہ اسی دھول کی باریک تہہ میں سے احساس کے قدموں میں جم گئی ہے، وہ ہرا پودا اُگ آیا ہے۔ اس ہرے پودے کے وجود نے جیسے اس کی پتھر

سی رُدکھی اور پھیکی زندگی کو ایک نیا رنگ عطا کر دیا ہے۔ زندگی کا رنگ۔

اور وہ چٹان اس پودے کو دیکھ دیکھ کر خوش ہو رہی ہے۔ پودا ابھی ننھا سا ہے۔ اتنا سا جتنا چنے کو رات بھر بھگو دینے سے انکر پھوٹ آئے۔ چٹان کو یہ ننھا سا پودا ایسے لگتا ہے جیسے اس کی گود میں نوزائیدہ بچہ آگیا ہو۔ نرم و نازک انگوں والا بچہ جس کو گرمی سے بھی بچانا ہوتا ہے اور سردی سے بھی۔ دن کے وقت جب پودے پر دھوپ پڑ رہی ہوتی ہے تو وہ سوچتی ہے کہیں اس کو یہ گرمی جھلس نہ دے۔ رات کو سردی ہوتی ہے تو سوچتی ہے یہ پالا اس کو نقصان نہ پہنچائے۔ لیکن پھر وہی وجود کی مجبوری۔ جب کچھ نہیں کر سکتی تو سوچتی ہے جس نے دیا ہے وہی اُس کی رکھوالی بھی کرے گا۔ اور پھر اس کی نظریں آسمان کی طرف اُٹھ کر پودے کی زندگی کے لیے د عا مانگنے لگتی ہیں۔ اور ساتھ ہی ساتھ تصور میں سنہرے سپنے بنتی ہوئی وہ سوچنے لگتی ہے کہ ایک دن یہ پودا بہت بڑا تناور درخت بن جائے گا، اتنا بڑا کہ اس کے میٹھے سائے میں اسے وقت کی کڑی دھوپ چھو بھی نہیں سکے گی۔

ان منتوں کے ساتھ ساتھ وہ پودا بڑا ہونے لگا۔

دن گن گن کر وہ ایک انچ لمبا ہوا۔

پھر پل پل گن گن کر وہ دو انچ لمبا ہوا۔

پہلے اس کا ایک پتا تھا۔ پھر دو ہوئے، اور پھر دو سے چار ہو گئے۔

اُن چار ننھے ننھے پتوں کی ہریاول ہی بھلا کتنی۔ لیکن اس چٹان کے لیے تو وہ چار پتے، چار ہزار پتے تھے، چار لاکھ پتے تھے، چار کروڑ پتے تھے اسلیے وہ تو یہ سمجھتی تھی کہ اس ہریاول سے اس کا اپنا رنگ بھی ہرا ہونا شروع ہو گیا ہے اور اب وہ دوسری پتھر کی چٹانوں سے بالکل مختلف بھی ہے اور برتر بھی۔

اور پھر ایک دن صبح ہوتے ہی جب چٹان نے یہ دیکھا کہ ان چار پتوں کے بیچوں بیچ ایک ننھا سا خوش رنگ پھول کھل آیا ہے تو اس کی خوشی کا ٹھکانہ نہ رہا۔ وہ اب ایسا محسوس کر رہی تھی جیسے اس کے انگ انگ ذرے ذرے پر پھول کھل آئے ہوں اور اس کا سارا وجود ان پھولوں کی خوشبو سے مہک اٹھا ہو۔ اور اس کا وجود کیا، اس چٹان نے تو یوں محسوس کیا جیسے ساری وادی میں وہ مہک بکھر گئی ہو۔

اس پر خوشی کی بات یہ تھی کہ پھول کے لگتے ہی وہ پودا چٹان کی طرف جھک آیا تھا۔ ویسے تو جب سے وہ پودا پیدا ہو کر بڑھنا شروع ہوا تھا تب سے اس کا دل کرتا تھا کہ وہ اس پودے کو چھو کر دیکھے۔ اس کی نرمی کو محسوس کر کے دیکھے۔ لیکن ہائے رے وجود کی مجبوری۔ یہ خواہش اس کے وجود میں مچل کر رہ جاتی تھی اور وہ اس بات سے مطمئن ہو لیتی تھی کہ آخر وہ پودا ہے تو اس کے پاؤں کے اوپر ہی اُگا ہوا اس کے وجود کا حصہ۔ لیکن اب جب وہ پودا پھول سمیت چٹان کی طرف جھک گیا تو یہ خواہش اور تیز ہو گئی۔ پھول ذرا سا ہلا تو چٹان یوں محسوس کرتی جیسے اس کا بچہ ہمک ہمک کر اس کی گود میں آنے کے لیے مچل رہا ہو۔

اسے اب اس چٹان کی خوش قسمتی ہی کہئیے کہ اِدھر اس کے دل میں اپنی کوکھ سے جنے اس پھول کو چھونے کی، گود میں لینے کی خواہش پیدا ہوئی اور اُدھر ہوا چلنے لگی۔ ہوا کے ذرا تیز ہوتے ہی وہ پودا جھوما اور دوسرے ہی لمحے چٹان کو اس پھول کا پہلا بوسہ ملا۔ پھر دوسرا۔ پھر تیسرا۔ زندگی پے در پے اس پر نچھاور ہو رہی تھی۔

اسے ایسا لگا جیسے زندگی نے آگے بڑھ کر کوئی جادو جگایا ہو۔ کوئی سحر پھونک دیا ہو اور جس کے جادوئی اثر سے لاکھوں مُردہ چیزوں میں زندگی کی رو دوڑ گئی ہو۔ جیسے بھگوان رام کے چرن چھوتے ہی پتھر بنی اہلیا صدیوں بعد زندہ ہو گئی تھی، اس طرح اس پھول کا لمس پاتے ہی وہ چٹان بھی زندہ ہو گئی۔

لیکن ہماری زندگی میں دُکھ تو صدیوں لمبے ہوتے ہیں، اتنے لمبے اور اذیت ناک کہ زندگی پتھر ہو کے رہ جاتی ہے۔ اور سُکھ؛ ان کا پتہ بھی نہیں چلتا کہ کب آئے اور کب چلے گئے۔ اس چٹان کو جب زندگی ملی تو ساتھ ہی اس کی جھولی میں زندگی کے شراپ بھی پڑ گئے۔

وہ ہوا جو چلی تھی اپنے پیچھے پیچھے آندھی اور طوفان بھی لائی تھی۔ اس دن مینہہ بھی برسا اور اولے بھی گرے۔ اور بارش اپنے ساتھ بہا لے گئی اس ساری مٹی کو جو اس چٹان کے پاؤں میں نہ معلوم کب سے جم رہی تھی۔ اور ساتھ بہا کر لے گئی اس پودے کو، پودا جو اس چٹان کے لیے زندگی کا پیغام لے کر آیا تھا۔

اور جب رُوح پرواز کر جائے تو پھر یہ جسم بھی خاک کی مٹی ہو کر رہ جاتا ہے۔ پودے کو پھول سمت اپنے وجود سے الگ ہوتے دیکھ کر اس چٹان پر جیسے گاج گری اور ساتھ ہی اس کی بھی جان نکل گئی۔ اس وقت اتنے زور کی بجلی کڑکی کہ چٹان کے بھی پاؤں اُکھڑ گئے اور وہ جگہ جہاں پر وہ ہزاروں سالوں سے آڑھی ٹیڑھی کھڑی تھی، وہاں سے لڑھکی اور نیچے گہری کھنڈ میں گر کر منوں مٹی کے نیچے دب کر رہ گئی۔

جہاں وہ چٹان دبی ہے اس کے اوپر اب بہت سے پودے اُگ آئے ہیں اور ان پودوں پر رنگ برنگ نئے پھول کھلتے رہتے ہیں۔ ایسا لگتا ہے جیسے زندگی کے دل میں اس چٹان کے لیے بڑی عقیدت ہے جس نے کبھی اپنی بے جان پتھر کی کوکھ سے ایک خوشنما پھول کو جنم دیا تھا۔ اسی لیے اس کی قبر پر وہ ہزاروں پھول ہر روز نچھاور کرتی رہتی ہے۔ ایک کونے پر ایک پیڑ بھی اُگ آیا ہے۔ اس کی جڑیں زمین میں دبی چٹان پر جاکر یوں پھیل گئی ہیں جیسے زندگی اس کے ساتھ اپنا رشتہ جوڑنے کی کوشش کر رہی ہو۔

اور وہ چٹان منوں مٹی کے نیچے دبی ہے۔ اُسے اپنے اُوپر اُگے پھولوں کی مہک ملتی ہے اور نہ لمس۔ نہ ہی کونے پر اُگے پیڑ کا سایہ ہی اسے ٹھنڈک پہنچاتا ہے۔ لیکن اس کے لیے صرف یہ احساس ہی مسرت کا باعث ہے کہ آخر اس کے اُوپر پھول کھلتے تو ہیں۔ اس کے وجود سے دور ہیں تو کیا! لیکن آخر اُگے تو اُسی مٹی پر ہیں جس کے نیچے وہ دبی ہے۔

اور یہ احساس کچھ اس قسم کا احساس ہے۔ جیسے ہماری زمین یہ سوچے کہ میں جاندار نہیں ہوں تو کیا' آخر کروڑوں جانداروں کو زندگی میں ہی تو عطا کرتی ہوں؟

اقبال متین

کونپل سے پُرزے تک

سڑک نے جیسے اس کے قدم پکڑ لیے ـــــ مجھے پہچانو ورنہ آگے جانے نہ دوں گی۔

وہ ٹھٹک گیا۔ پھر کسی سوئی ہوئی یاد نے انگڑائی لے کر چٹکی لی۔

یہ تو وہی سڑک ہے جس پر میرا چھوٹا دادا آتارانگر سے پیلی جوار گدھوں پر لاد کر لے آیا تھا کیونکہ ان دنوں ہمارے گاؤں میں قحط پڑ گیا تھا۔ میں بھی چھوٹے دادا کے ساتھ تھا۔ اس کی مدد کی تھی۔ اپنے سر پر ایک ننھی سی گٹھڑی میں نے بھی اٹھا رکھی تھی۔

جتندرا نے اس سے کہا ـــــ تمھیں معلوم ہے اسی سڑک سے ناگپور کے مزدور اپنے ساتھ کئی سو گدھوں کا قافلہ لیے زمین کو ہموار کرنے کے لیے آئے تھے۔ زمین کھودی جاتی تھی تو مٹی کو دوسری جگہ منتقل کرنے کے لیے اپنے گدھوں سے کام لیتے تھے۔ اور واقعی اس سنگلاخ زمین پر فیکٹری کی بنیاد رکھنے میں ان مزدوروں کا بڑا حصہ ہے۔

وہ چالیس سال کے بعد اپنے گاؤں لوٹا تھا۔

ماضی تو کسی مرحوم دوست کی مانند ہے۔ اس کی قبر پر پہنچو تو اپنی یادوں کو سمیٹ کر جیسے جاگ اٹھتا ہے۔

جب وہ شہر سے چلا تھا تو کتنے ہی چہرے اس کے ذہن میں ہیولی بن کر بیدار ہوئے تھے پھر ان کے خد و خال آہستہ آہستہ واضح ہوئے پھر وہ آنکھوں کے سامنے جیسے مجسم ہو گئے۔

چچا چیلو بڑے حنت ماداسکانسے اور پیسے کی گولیوں والا ،نچا ہگلی ڈنڈے والا رحمان ریڈی بنوٹ والا پاپیا، جس سے اس کی کٹی دبتی تھی، جوان اور خوبصورت لیکن بیوہ ماں اور پھر مچھلیوں سے بھرا گھنے سالیوں سے ڈھکا چھوٹا سا تالاب، زندہ سید کی اونچی سی قبر ـــ

تم تو ابھی سے اپنے گاؤں والوں میں کھو گئے ہو۔

جتندرا کہہ رہا تھا ـــ یہی جذباتی لگاؤ جو تمہیں گاؤں والوں سے اور گاؤں والوں کو تم سے ہے وہ یقیناً ہماری بات کو موثر بنا سکتا ہے ـــ اور وہ اپنے ساتھی کے ہمراہ اپنے گاؤں کے باسیوں کو آزادی کی نعمتیں اور برکتیں تبلانے چلا تھا۔

"من مول" کا سارا گاؤں رام چندرا پورم کے ہیوی الکٹریکلس پلانٹ کے زیر اثر آ رہا تھا جو تیسرے منصوبے کے دوران میں ایک دوست ملک کے اشتراک سے تیار کیا جا رہا تھا۔ ایک لاکھ ساڑھے بہتر ہزار مربع میٹر کے رقبے پر اس کارخانے کی پوری عمارت مشتمل ہوگی۔ اور فیکٹری کا پورا رقبہ ساڑھے گیارہ لاکھ مربع میٹر سے کچھ زیادہ یعنی تقریباً تین سو اٹھارہ ایکڑ ہوگا۔

وہ سوچ رہا تھا کہ گاؤں کے ایک ایک فرد کے چہرے پر جگمگاتے مستقبل کی کرنیں ناچتی دیکھے گا ـــ انھیں بتلائے گا کہ ہمارا گاؤں ہماری قوم خوشحالی بڑھانے کے لیے اپنے ہم وطنوں کے کام آ رہا ہے۔ آندھرا پردیش کی صنعتی ترقی میں یہ پراجکٹ جتنی اہمیت کا حامل رہے گا۔ اتنی ہی اہمیت "من مول" کے ان نواسیوں کی رہے گی۔ جنھوں نے اپنا گاؤں رقم اور وطن کے لیے خوشی خوشی دے دیا ہے ـــ پراجکٹ کی ابتدائی پلاننگ کے نقشوں میں "من مول" کا نام دیکھ کر آنے والی نسلیں سوچیں گی کہ یہ چھوٹے چھوٹے گھر جن کے صاف ستھرے آنگنوں میں نیم کے درخت ہوں گے، جن کی چھتوں پر پیپل کے سائے ہوں گے، جن کے رسوئی گھروں سے سورج کی پہلی کرن سے پہلے ہی دھواں اٹھنے لگا ہوگا جن کے ڈھور ڈنگر شام کو ہی لوٹ آتے ہیں۔ جہاں نوجوان رادھائیں دیپ جلا کر کھیتوں سے لوٹتے ہوئے اپنے متوالوں کی منتظر رہتی ہوں گی۔ جہاں بوڑھی مائیں دعائیں دیتی ہوں گی اور شریر بچے اودھم مچاتے

ہوں گے وہ "من مول" اب کیوں نہیں ہے۔ اس کے پاس جہاں بھی انھیں زمین مل سکی ہے، منتشر ہو گئے ہیں اور یہ سب کچھ انھوں نے قومی خوشحالی کے لیے کیا ہے۔ یہ بلیدان انھوں نے اپنے وطن کے لیے دیا ہے۔

اپنی تقریر کے لیے ذہن میں مواد جمع کرتا جب وہ سڑک پر پہنچا تو سڑک نے اس کے قدم پکڑ لیے ـــــ مجھے پہچانو ورنہ آگے جانے نہ دوں گی۔ اور جب اس نے سڑک کو پہچان لیا تو اس نے اپنے ساتھی جتندرا سے کہا کہ "من مول" میں ایک بار قحط پڑا تھا تو میں اور میرے چھوٹے دادا ایک دوسرے قریہ سے پیلی جوار گدھوں پر لاد کرلے آئے تھے تاکہ گاؤں بھر کی پریشانی عارضی طور پر ہی سہی کوئی دوسرا انتظام ہونے تک دور ہو سکے۔ وہ سماں مجھے یاد ہے۔ راملو جولاہے نے ہمیں گدھوں پر جوار لاتا ہوا سب سے پہلے دیکھ لیا تو وہ بکٹٹ گاؤں میں بھاگا اور لوگوں میں یہ خبر جیسے سوکھی گھاس میں لگی آگ بن گئی۔ بچے بالے دوڑ پڑے۔ جو نقاہت سے چل نہ سکتے تھے وہ بھی اپنے بڑوں کی گود میں سوار جوں توں سڑک تک چلے۔ اکثر بوڑھیاں گھروں سے نکل آئیں۔ جوان عورتیں چھتوں پر چڑھ گئیں کہ" چھوٹے حضت۔ کے جلو میں آگے بڑھتے ہوئے اس کاروان زندگی کو دیکھیں۔ چنا پنتلو غلہ لا رہا ہے۔ دیکھو وہ دیکھو۔

ہمرا گھرانہ بدا پنتلو (بڑے استاد) اور چنا پنتلو (چھوٹے استاد) کے نام سے مشہور تھا۔ لوگ اسے چھوٹے حضت اور بڑے حضت کا گھرانہ بھی کہتے تھے۔ ہم گاؤں میں پہنچ گئے تو زندہ سید کی قبر کے نیچے پیپل کی ننگی شاخوں کے اجلے سایوں میں پیلی جوار اس طرح تقسیم ہوئی جیسے موتی صدف سے نکال کر دئے جا رہے ہوں۔ میں ہمیشہ کی طرح زندہ سید کے مزار پر چڑھ کر بیٹھ گیا اور اطمینان سے گھوڑے کی سواری کرنے لگا۔ کتنے ہی بڑے بوڑھے جو مجھے ایسا کرنے پر پھٹکارتے تھے۔ اس سمے چپ ہو رہے۔ جوار لانے میں میں بھی چھوٹے دادا کے ساتھ ہی تھا۔ میں نے اپنی اس برتری کو محسوس ہی کیا تھا کہ امام چچی نے للکارا

ــــ اثر مردود کیا ابھی اور قحط پھیلائے گا ــــ میں زندہ سید کے قبر سے کود پڑا۔ لیکن میرا جی چاہا امام چاچی کو پیپل کی سب سے اونچی شاخ پر چڑھا دوں۔ اور دیکھوں کہ کس طرح اترتی ہیں۔ یہ میری اپنی دانست میں سب سے کڑی سزا تھی۔

وہ کہتا گیا ــــ مجھے سب یاد ہے۔ کھیل کھیل میں درخت کی کسی اونچی سی شاخ پر جب میں چڑھ جاتا تو مجھے یہ خیال بھی نہیں ہوتا کہ اترتے وقت مجھ پر کیا بیتنے والی ہے۔ جب اترنا چاہتا تو ایسا معلوم ہوتا کہ بس اب پیر پھسلا اب ہاتھ چھوٹے اب شاخ ٹوٹی اور زمین پر گروں گا۔ خوف کی بنیادیں اس احساس کے ساتھ ہی اندر ہی اندر گہری ہوتی چلی جاتیں اور میری بے بسی کا عالم دیدنی ہوتا ــــ اللہ میاں بے طرح یاد آتے اور میں دل ہی دل میں توبہ کرتا کہ کبھی اس قدر بلندی پر نہیں چڑھوں گا۔ سوداخاں کے باغ سے نہ امرود چراؤں گا اور نہ نارنگیاں۔ ماں نماز پڑھنا چاہے گی تو وضو کے لیے کنوئیں سے پانی خود نکال کر دوں گا اور اسے ستاؤں گا نہیں ــــ زندہ سید کی قبر پر کبھی نہیں چڑھوں گا۔

اونچی شاخوں سے آہستہ آہستہ نچلی شاخوں پر آنے میں کامیاب ہو جاتا تو حوصلے بڑھتے اور جب زمین پر پیر ٹک جاتے تو میں خود کو زمانے بھر کا فاتح محسوس کرتا۔ اس شاخ کو دیکھتا جس پر میں پہنچ گیا تھا تو وہ پہلے پہچانی نہ جاتی اور جو پہچانی جاتی تو ایسی اونچی نہ دکھائی دیتی۔ اور اللہ میاں کی تو اب ضرورت ہی نہ رہتی اور وہ یاد بھی نہ آتے۔

جتندرا نے اس کو مخاطب کیا ــــ گاؤں کے کسی آدمی کو ساتھ لے لو تاکہ وہ تمہیں اور لوگوں سے ملا سکے۔

اس نے جتندرا کو روک دیا ــــ ذہن میں چالیس سال پرانا لڑکا بیدار ہو گیا ہے۔ ہم ذرا اس کی یاد کے سہارے گاؤں بھر چکر لگا آئیں ــــ ذرا دیکھیں یہ دس سالہ لڑکا ہمیں کہاں کہاں لیے پھرتا ہے۔

دیکھو ــــ اس نے ٹھٹھک کے رکتے ہوئے کہا ــــ جتندر یہ ہے زندہ سید کا مزار

جس میں لوگ کہتے ہیں کہ وہ سما گئے ہیں یعنی مرے نہیں ہیں۔ قبریں زندہ اتر گئے ہیں تاکہ گاؤں والوں کے اعمال کا احتساب کریں اور وقتاً فوقتاً انھیں مصیبتوں سے نجات دلائیں ــــ یہ جو اتنی بہت ساری قبریں ہیں وہ اس وقت نہیں تھیں۔ مجھے افسوس ہے کہ میاں بہت تاخیر سے پہنچا ہوں ــــ پتہ نہیں کتنے ساتھی زندگی سے منہ موڑ چکے ہیں ــــ کتنے بزرگ ان سے آگے نکل گئے ــــ

اَدَاب بائیں جانب گھوم کر سیدھے اس مسجد کے میناروں کی طرف چلتے ہیں۔ میرا گھر وہیں کہیں تھا۔ سنا ہے اب ملبہ بھی باقی نہیں رہا ہے۔ جس کا ہاتھ لگا اس نے اس سے استفادہ کر لیا۔ کچھ نشانیاں تو رہ گئی ہوں گی۔ نیم کا درخت جس کی شاخ جھکا کر بڑا ادا مسواک کے لیے ڈنٹھل توڑ لیا کرتا تھا یقیناً زندہ ہوگا۔ وہ کنواں تو ہوگا ہی جس کی گہرائی میں ڈول پھینک کر میری ماں ٹھنڈا میٹھا پانی اس تیزی سے نکال لیتی تھی جیسے مرحوم ابا کی یادوں کی گٹھری اس کنوئیں میں گر پڑی ہو اور وہ جلد از جلد اس کنوئیں کو خالی کر دینا چاہتی تھی تاکہ اس گٹھری کو نکال سکے۔ لیکن چھوٹے دادا میری ماں کا ہاتھ تھام کر پانی نکالنے میں ان کی مدد کرتے تو مجھے محسوس ہوتا کہ جیسے وہ کنوئیں میں پانی انڈیل کر اس کو لبالب بھر دینا چاہتے ہوں تاکہ میری ماں میرے مرحوم ابا کی یادوں کی گٹھری نکال ہی نہ سکے۔ میں ان باتوں کو سمجھنے لگا تھا۔

اوہ یہی میرا گھر ہوگا ــــ ذرا رک جاؤ ــــ بالکل یہی ہے ــــ بے در و دیوار کے اس گھر کو میں پہچان گیا ہوں ــــ دیکھو نیم کھڑا ہے ــــ اب وہ اتنا بلند قامت ہوگیا ہے کہ کوئی بھی ہاتھ بڑھا کر اس کی شاخ کو جھکا نہیں سکتا۔ کنواں وہیں ہوگا جو جنگلی خودرو جھاڑیوں میں چھپ گیا ہے۔ یہ گھر تو جوں کا توں میرا سامنے کھڑا ہے ــــ بالکل اسی طرح جس حالت میں میں نے اس کو چھوڑا تھا ــــ جیسے در و دیوار سانس لے رہے ہوں ــــــــ وہ دیکھو چھوٹے دادا کے

کہنے پر میں شیر کا ناچ ناچ رہا ہوں ۔ اور میری ماں دوہری ہو ہو کر ہنس رہی ہے۔

یہ مکان تو بابیا کا ہے —۔ بیا دلا با — میرا گلی ڈنڈے کا ساتھی — اور تم۔ تم تو بالکل — جی —جی ہیں بابیاؔ ہ بیٹا ہوں — اچھا — پھر کہاں ہے وہ — وہ کہاں ہے — مر گیا —

ہوں — آؤ تمہیں سے گلے مل لیں۔

جتندرا نے زبان تک نہیں کھولی — اس نے اجنبی کو اپنے ساتھی کا نام تک نہیں بتایا وہ ان اشاروں کو کنایوں کی آنکھوں کی زبان ہی سمجھتا رہ گیا — ہر بات میں اختصار بھی تفصیل بھی۔

"تو پھر چھوڑ رہے ہو گاؤں۔

"ہاں"

"بہت اچھے۔ بہت اچھے۔ کہاں جا رہے ہو

"ابھی کچھ طے نہیں ہے۔"

"عام طور سے لوگ کس طرح سوچ رہے ہیں"

"کچھ خوش نہیں ہیں۔ اپنی زمین چھوٹ رہی ہے۔ گھر بار چھوٹ رہا ہے۔

وہ کہنے لگا۔ ہمیں اپنے مستقبل کے لیے کچھ تو تجنا ہی ہوگا میں بھی یہی باتیں تو تم لوگوں سے کرنے آیا ہوں۔

چلو آگے چلتے ہیں۔ اس نے جتندرا کی بانہہ پکڑ کر کہا۔

آؤ اس پیپل کے سائے میں پہنچ کر اس کے سائے کو محسوس کریں۔ یہ پیپل بڑا پرانا ہے۔ کتنی ہی کہانیاں اس کے گھنے سایوں میں بنی ہیں ؛ ہم تنگی پڑھنے کے لیے جب اس مندر کی طرف جاتے تھے۔ اس ٹھنڈے گھنے سائے میں ذرا رک کر دم لینا ضروری تھا۔ پیسے اور کانسے کی گولیاں صرف لمحے بھر کے لیے جیبوں سے نکالی جائیں۔ پھر لمحہ پھیلتا جاتا۔ کئی

کئی منٹ گذر جاتے تھے۔ شاید کسی ہم جماعت نے چنچی پنتلو کو مندر کے چبوترے پر چڑھا کر بتلایا کہ ہم کھیل رہے ہیں ـــــ پنتلو نے وہیں سے پکارا ـــــ

پیٹھ کھجا رہی ہے کہ سر کھجا رہا ہے۔

ہم اپنی اپنی گولیاں بٹور کر جیبوں سے محفوظ کر لیتے اور بگٹٹ دوڑ کر پنتلو کے آگے پہنچ جاتے ـــــ درخت کے سائے سے مندر کے سایوں میں پہنچنے تک یہ بات قطعی ہو گئی ہوتی کہ سبق ختم ہونے پر اس لڑکے کی درگت بنائی جائے گی۔ جس نے ہمیں کھیلتا ہوا پکڑ وا دیا ہے۔

ایک بار لگان ادا نہ کرنے کے جرم میں پٹیل پٹواریوں نے بہت سارے کسانوں کو پکڑ لیا تھا اور یہاں چاوڑی پر لے آئے تھے جھلستی ہوئی گرمیاں تھیں۔ لو دیتا ہوا دن تپتے ہوئے بڑے بڑے پتھر ان کے سروں پر لا دے گئے تھے۔ ہم دو تین ساتھی یہ ساری کاروائی اسی پیپل کی گھنی شاخوں میں چھپ کر جھانک رہے تھے۔ اس کے بعد موٹی موٹی تنی ہوئی مونچھوں والے پٹیل سے ہمیں نفرت سی ہو گئی تھی اور ہم دل ہی دل میں اس سے ڈرنے لگے تھے۔

آؤ داہنی اور گھوم کر اس گلی سے چلیں تو شاید ہم مسجد کے پچھواڑے نکلتے ہیں۔

ٹھیک ہے ہر چیز جوں کی توں ہے۔ گاؤں والے بدل گئے ہیں میں بدل گیا ہوں۔

لیکن گاؤں بالکل نہیں بدلا ـــــ پیپل کے سائے سے جو مندر نظر نہیں آ رہا تھا اس کا دروازہ یہ رہا ـــــ اور پھر اسی میدان کا چکر کاٹ کر بائیں جانب مڑ جاؤ تو مسجد میں داخل ہو سکتے ہو ـــــ مندر میں ہم سرسوتی اوم ناتھ' پڑھتے' اور مسجد میں گلستاں اور بوستاں۔ چنچا پنتلو تلگو پڑھاتا تھا اور میرے دادا گلستاں بوستاں پڑھاتے تھے۔ گاؤں کا کوئی بچہ ایسا نہیں ہے جو ان دونوں کا شاگرد نہ ہوا اور جس کی ان دونوں کے ہاتھوں پٹائی نہیں ہوئی ہو۔

وہ اونچی لال چھت دیکھ رہے ہو۔ وہ یقیناً رمن ریڈی کا بنگلہ ہوگا۔ یہ بنگلہ ان

دنوں نہیں تھا۔ اور اگر تھا بھی تو ایسا نہ تھا جو آج دکھائی دے رہا ہے۔ رحمن ریڈی میرا ساتھی ہے۔ سنا ہے میرے ساتھیوں میں صرف وہی ایک زندہ ہے۔ چھبو کمہار اور لچھو دھوبی اور بابیا جولاہا یہ سب کے سب چل بسے ہیں۔ ان کی آل اولاد یقیناً ہوگی۔ جو مجھے جانتی نہیں۔

وہ گاؤں بھر میں گھومتا رہا۔ ایک ایک چیز کو دیکھتا۔ یادوں کو سمیٹتا ایک ایک چیز کو تکتا مسجد کے پیچھے شنجو بی بی کا مکان تھا جو پیش امام کی بیوی تھیں پیش امام کو مرے زمانہ ہوگیا تھا۔ بوڑھیا بھی اب کہاں باقی ہوگی۔ اس کے قدم پھر بھی دروازے کی طرف اٹھ گئے اور اس نے کنڈی کھٹکھٹا دی۔ کوئی جواب نہ ملا۔ اس نے زور زور سے پھر کھٹکھٹایا

"کون ہے رے" آواز بوڑھی تھی"

"میں ہوں ماں"

"میں کون" بوڑھی نے دروازہ کھولا تو وہ مسکراتا ہوا آگے بڑھا۔

اچھا تو ہے ـــــ تو بڑے حضنت کا پوتا ہے نا ـــــ مجھے بڑا انتظار تھا تیرا"

"ہاں ماں میں آگیا ہوں"

کیوں آیا ہے ابھی دن اور نہ آتا۔ اور پھر کیا لے آیا ہے رے ہمارے لیے یہی خوش خبری نا کہ گاؤں چھوڑ دو ـــــ اس لیے چھوڑ دو کہ تیرا ملک ترقی کر رہا ہے۔ یہ تیرا ملک ہمارے ہی گاؤں میں کیوں ترقی کر رہا ہے۔ ہم اپنا گھر بار چھوڑ دیں ـــــ کھیت کھلیان چھوڑ دیں۔ مسجد کے کنوئیں کا ٹھنڈا اور میٹھا پانی چھوڑ دیں۔ جو ہر ایک کی رگوں میں خون بن گیا ہے۔ یہاں کے سائے چھوڑ دیں ـــــ یہاں کی دھوپ چھوڑ دیں۔ اس مندر کو چھوڑ دیں جہاں تو نے "الم نامہ" پڑھا تھا۔ اس مسجد کو چھوڑ دیں جہاں تجھے تیرے دادا نے گلستاں بوستاں پڑھائی اور تب کہیں جاکر تو نے شہر میں بڑی ڈگریاں لیں۔ تو تو بھول بیٹھا ہے۔ تجھے تو یہ بھی یاد نہ ہوگا کہ جب تو چھوٹا سا تھا تو بیٹھنے کی دبائیں

اللہ میاں کو پیارا ہو گیا ہوتا اگر میرا مولوی تجھے نہ بچاتا۔ کیسا بے کل تھا وہ رات بھر پلک نہ جھپکی اس کی دن بھر زمین سے پیٹھ نہ لگی۔ منٹ منٹ پر دم کر کر کے تجھے پانی پلاتا تب کہیں تو نے آنکھیں کھولیں۔ جب کچھ ہاتھ پاؤں نکالے تو شہر کا ہو رہا۔ پلٹ کر سدھ بدھ تک نہ لی اور آج چالیس سال بعد یہ کہنے آیا ہے کہ میری ہڈیاں اب میرے مولوی کے برابر دفن بھی نہ ہوں گی — ارے میں نے تو اپنی قبر تک کھدوالی ہے۔ اپنے نام کا کتبہ تک لگوالیا ہے۔ صرف میری موت کی تاریخ کھودنی باقی رہ گئی ہے۔ سو یہ کام تو کر دینا۔ بہت دور سے چل کر آیا ہے تو —"

وہ کہتی گئی — میں نے اپنے ایک ایک بچے سے کہہ دیا ہے کہ گاؤں خالی نہیں ہوگا۔ سرکار بنوالے اپنی فیکٹری ہماری لاشوں پر۔ جب تک ہماری آنکھوں میں بینائی ہے میرے گاؤں کا کوئی بچہ من مول کی ایک کٹیا کو بھی زمین پر آتے ہوئے نہیں دیکھے گا۔ گھر تو گھر ہیں تجھے پتہ ہے جب کوئی گھر ڈھے جاتا ہے تو آدمی اس کا ملبہ عمر بھر اپنے سینے میں اٹھائے پھرتا ہے۔ لیکن گھر نہیں بنتا۔

سنتی ہوں تیری سرکار معاوضہ دے گی۔ بھلا بتا تو ان ہواؤں کا معاوضہ کیا ہوگا جو نتھنوں سے جسم میں اتر کر روح بن گئی ہیں۔ تو نے گاؤں کی ہر ریت بھلا دی ہے۔

تجھے تو اب تک یہ بھی سمجھ میں نہ آیا کہ چالیس سال کے بعد تو نے اپنے گاؤں کی دھرتی پر قدم رکھا ہے۔ لیکن تیرا کوئی ساتھی تیرا کوئی دوست تیرے سواگت کو گاؤں کی حد تک بھی نہ آیا ویسے تیرے آنے کی خبر سب کو ہے — یہ کوئی اچھی علامت ہے رے۔ اور تو دیوانوں کی طرح گاؤں میں اکیلا پھر رہا ہے۔ آخر یہ سب کچھ کیوں ہے تیرے آنے کی میرے بچوں کے دلوں میں خوشی بھی نہیں — آخر کیوں — بچھڑا بھائی اپنے گھر آیا ہے۔ تو کوئی بڑھ کر گلے لگانے والا تک نہیں۔ یہ "من مول" یہ گاؤں یہ تو ایک خاندان ہے۔ یہ تو ایک گھرانہ ہے اور تو بھی اسی خاندان اسی گھرانے

کا بیٹا ہے "

اور تم اس گھرانے کی ماں ہو ـــــ اس خاندان کی ماں ہو ـــــ سارے من مول کی ماں ہو ـــــ ہونا " .

" ہاں ہوں ـــــ بالکل ہوں "

" کیوں نہیں ہوں ـــــ کیوں نہیں ہوں ـــــ مگر تو "

" مگر تم نے میری بات سنی ہی کہاں "

میں تو اپنی ماں کے لیے اس کی ماں کا پیام لے کر آیا تھا - میں تو اپنے من مول کے لیے ہندوستان بھر کی دھرتی کا سلام لایا تھا "

میں تو یہ کہنے کے لیے آیا تھا کہ کوئی سرکار ہم سے ہمارا من مول لے نہیں رہی ہے ماں . لیکن ہم خود اپنے وطن کو اپنا من مول دے رہے ہیں . ہم اپنے مستقبل کو اپنا حال دے رہے ہیں . اپنے کل کو آج دے رہے ہیں . تم مان جاؤ ماں ـــــ تم مان جاؤ گی تو سارا گاؤں مان جائے گا . آنے والی نسلیں ہمیں یاد رکھیں گی ماں . جب الیکٹریکلس پلانٹ مکمل ہو جائے گا ماں تو خوش حالی بڑھے گی . تیرے ہی بچے بال سکھ اور آنند کی زندگی گذاریں گے . کتنے ہی لوگوں کو کام مل رہا ہے . تو ذرا سوچ تو ماں . غفورے نے ابھی بتایا تھا کہ وہ اور اس کے دونوں بھائی پلانٹ ایریا کے اطراف میں بنتے ہوئے بارکیس اور عمارتوں میں مستری کا کام کر رہے ہیں . اور انھیں یومیہ ساڑھے دس روپے مل رہے ہیں . اس طرح تیرے گھر میں یومیہ اکیس روپے آجاتے ہیں اور تو پھر بھی خوش نہیں ہے .

بہت خوش ہوں بہت خوش ہوں ـــــ یہ چار دن کے اکیس روپلی نے تجھے خبر ہے مجھ سے کیا کیا چھین لیا ہے . ان روپوں نے کھلیانوں کا سونا چھین لیا . ان روپیوں نے میرے بچوں کا وہ پسینہ چھین لیا جس کی کھارپی کر سوندھی جوار کے خوشے لہلہاتے

تھے ۔ ان روپیوں نے بیلوں کی گھنٹیوں کی وہ میٹھی آوازیں چھین لی ہیں جنھیں سن کر تو بیدار ہوتا تھا ۔ اور آج ان آوازوں کے سُر مشینوں کی گڑگڑاہٹ کے نیچے دب گئے ہیں ۔ اور ایسے میں تو مجھے عقل سکھانے آیا ہے ۔ موٹی موٹی کتابیں پڑھ کر مجھے بتانے آیا ہے کہ سفید بال دھوپ میں پکے ہیں ۔ میں کہوں ۔ میں کہوں ——کوئی کتاب سفید بال سے زیادہ نہیں ہوتی۔

اس نے بہ غور جتندر کو دیکھا —— پھر کچھ اس طرح کہنے لگا جیسے خود اپنی کھوئی ہوئی آواز کو ڈھونڈ رہا ہو ۔

"ماں کیا! تجھے وہ دن یاد نہیں ہے جب سرکار نے مجھے جیل میں بند کیا تھا ۔ وہ ہماری سرکار نہیں تھی اور تو نے فخر سے کہا تھا کہ اپنے وطن کے لیے لڑنے والا دنیا تو ہمارے گاؤں کا بیٹا ہے ۔ کل تو جب اپنے بیٹے کو جیل میں دیکھ کر فخر کر سکتی تھی ماں تو آج اپنا گھر اپنے دیش کے لیے چھوڑتے ہوئے بھی پیچھے نہیں ہٹنا چاہیئے ۔

یہ گاؤں مجھے بھی اتنا ہی پیارا ہے ماں —— مجھے بھی یہاں کی ایک ایک چیز سے محبت ہے ۔ ایک ایک چہرہ میری یادوں میں بسا ہوا ہے ۔ ایسا نہیں ہے کہ مجھے اپنے من مول کی دھرتی پیاری نہیں ہے ۔ میرے گھر کے کھنڈر بھی یہیں ہیں —— میرے باپ دادا بھی یہیں دفن ہیں ۔ لیکن ہم جس کے لیے یہ سب چھوڑ رہے ہیں وہ دیش بھی ہمارا ہے ۔

اپنے گھر میں اپنا کمرہ سب کو پیارا ہے اپنے گاؤں میں اپنا گھر سب کو پیارا ہوتا ہے اپنے شہر میں اپنا گاؤں سب کو پیارا ہوتا ہے ۔ اپنے صوبے میں اپنا شہر سب کو پیارا ہوتا ہے محبت اور پیار کا یہ تصور اس طرح وسیع تر ہوتا جاتا ہے ماں ۔ اور جب سارا دیش کسی کو پیارا ہو جاتا ہے تو ساری تفریق مٹ جاتی ہے ۔ جب سارے دیش کی دھوپ چھاؤں اپنی ہو جائے تو من مول بہت وسیع ہو جاتا ہے ۔ اس کا پیار بہت وسیع ہو جاتا ہے ۔ اس کی حدیں دیش بھر میں پھیل جاتی ہیں "

بوڑھی ماں نے نظریں اٹھا کر دور دور تک دیکھا جیسے من مول کے حدود سے دیش بھر کو دیکھنے کی کوشش کر رہی ہو۔ دوہری ہو کر اپنی چٹائی سے اٹھی۔ اس نے کہا مجھے نقارے کے میدان تک لے چل بیٹا۔ میں خود اپنے ہاتھ سے نقارہ پیٹ کر منادی کر دوں گی۔

نقارے پر ہلکی سی چوٹ پڑی۔ پھر آہستہ آہستہ نقارے کی آوازیں فضاؤں میں بلند ہو کر پراجکٹ مشینوں کی آوازوں سے بغل گیر ہو گئیں۔ اور وہ من مول ''اٹھ کر رام چندراپورم کی طرف بڑھنے لگا۔

جوگندر پال

مقامات

سوتے سوتے اگر آدمی مرا نہ ہو تو پَو پھٹنے سے پہلے یا بعد جاگ ہی پڑتا ہے بہت دیر سے سہی جمال نے بھی آنکھ کھول لی ہے۔ اس کا خواب ٹوٹ گیا ہے لیکن ابھی تک اس کی آنکھوں میں دھبے ناچ رہے ہیں۔

امی ـــــ امی ـــــ ی ـــــ وہ ننھا منا سا ہے اور کھویا ہوا ہے اور رد ردو کر اس کی ہچکی بندھی ہوئی ہے اور اپنی ناک کی سیدھ میں چھوٹے چھوٹے قدموں سے چلتے ہوئے وہ اور کھوتا جا رہا ہے۔ کسی نے بھی اسے روک کر نہیں پوچھا ہے ادھر کہاں جا رہے ہو بالک ـــــ مگر وہ بلک بلک کر جواب دے رہا ہے امی ـــــ امی کے پاس ـــــ اور پھر ایک دم دو باہوں نے کہیں سے کوند کر اسے لپک لیا ہے اور اپنی امی کو دیکھے بغیر اسے پتہ چل گیا ہے کہ وہ امی ہے اور ـــــ اور امی کی پیشانی پر سے راستہ سیدھا ان کے گھر کو ہی جاتا ہے ـــــ آہ۔

جمال کے سینے کے بکھرتے ہوئے گلے پھر ایک دوسرے کی طرف کھنچ آئے ہیں اور اس کی آنکھیں مندنے لگی ہیں ـــــ

پڑھو بسم اللہ الرحمٰن الرحیم ـــــ بسم اللہ ـــــ

بسم اللہ

الرحمٰن الرحیم

الرحمٰن

الرحیم

بسم اللہ الرحمٰن الرحیم

مولوی صاحب لوگوں کے دس دس ہوتے ہیں پر میرا ایک ہی دس سے کم نہیں میرے جمال کو جلدی قرآن حفظ کروا دیجئے پورے دس کا نذرانہ پیش کروں گی۔

پڑھو۔

پڑھ تو رہا ہوں مولوی صاحب

نہیں دل سے پڑھو خدا کے نام کو دل سے پڑھوگے تو تمھاری آنکھیں کھل جائیں گی۔

جمال نے آنکھیں کھول لی ہیں اور کھلی آنکھوں سے بھی اسے کچھ دکھائی نہیں دیا ہے تو اسے یقین آگیا ہے کہ وہ ابھی سویا ہوا ہے۔

ابھی ابھی تو امی ہمارے ساتھ تھی کہاں گئی ــــــ امی ــــ ی ــــ جاؤ خورشید دیکھو امی کہاں رہ گئی ہے۔ اس کی آنکھوں میں موتیا اترا ہوا ہے۔ جاؤ ہاتھ پکڑ کرلے آؤ ــــــ امی ــــ ی ــــ

" امی آپ کی نظروں سے اوجھل ہو جائے تو آپ کو کوئی اور نظر ہی نہیں آتا "

جاؤ خورشید امی بیچاری کہیں ٹھوکر کھا کر گر جائے گی۔

مجھ بیچاری کی طرف بھی آپ کیوں نہیں دیکھتے۔ جب سے شادی ہوئی ہے ٹھوکریں کھا رہی ہوں۔ جاؤ خورشید

جاؤ خورشید

آپ کی بیوی بننے سے تو یہی اچھا تھا کہ میں بھی آپ کی ماں ہی ہوتی۔

اچھا تم یہیں ٹھہرو میں خود ـــــ

نہیں میں گھر جا رہی ہوں۔

خورشید ـــــ

نہیں ـــــ

نہیں ـــــ نہیں ـــــ نہیں ـــ نصف شب کو ایک پاگل بڑھیا جمال کے سونے کے کمرے کا دروازہ زور زور سے پیٹ رہی ہے۔ میں پاگل نہیں ہوں جمال ـ جما ـــ ل

ـــــ سو جاؤ امی ـــــ

نہیں بیٹے دروازہ کھولو اور میرے پاس آکر بیٹھو بیٹے۔

کھٹ کھٹ ـــــ ٹھ ـــــ

جمال نے بڑی بے بس نظر سے اپنی بیوی کی طرف دیکھا ہے۔

سونے کی ایک اور گولی دے آؤں خورشید ـــــ

مارنا چاہتے ہیں تو دے آیئے پہلی گولیاں دیے ابھی پورا گھنٹہ بھی نہیں ہوا۔

کھٹ ـــــ ٹھ ٹھ ـــ کھٹ ـــ ٹ ـــ

سو جاؤ امی کل سویرے آفاق کا امتحان ہے۔ خدا کے لیے سو جاؤ۔

چپ چاپ لیٹے رہیے۔ زیادہ توجہ دیں گے تو امی کا پاگل پن بڑھے گا۔

نہیں میں پاگل نہیں ہوں۔ بہو۔ دروازہ کھولو ـــ مجھے بھی اپنے پاس بٹھا لو بیٹے میں کچھ نہیں بولوں گی چپ چاپ بیٹھی رہوں گی ـــ کھولو ـــ کھٹ ـــ ٹھ ـــ

اُفوہ خدارا اپنی پاگل ماں کو پاگل خانے بھیج دیجیے! ہم سب کو ـــ وہ دیکھیے آفاق بھی جاگ پڑا ہے۔ ابھی ابھی سویا تھا۔

جمال ـــ جما ـــ کھٹ کھٹ ـــ ٹھ ـــ

جمال نے دیوانہ وار اُٹھ کے دروازہ کھولا ہے اور ماں کو تیزی سے کھینچ کر چارپائی

پر بیچ دیا ہے۔ وہ چیخنے لگی ہے اور ــــ اور جمال کے کانپتے ہوئے ہاتھ اس کے گلے کی طرف بڑھتے ہوئے اکڑنے لگے ہیں۔ اکڑا اکڑا کر آگے ہی آگے بڑھتے جا رہے ہیں ــــ اور پھر اچانک سنبھل کر وہ رک گیا ہے ــــ نہیں۔

ــــ نہیں نہیں۔ جمال اپنی مرحوم ماں کے خالی بیڈروم میں بیٹھا ہوا ہے اور اس کی آنکھوں میں اپنی ماں کی صرف ناک یا صرف سر یا ماتھا یا کوئی اور حصہ گھوم رہا ہے اب اس کی صرف آنکھیں جھپک رہی ہیں اب ہونٹ ہل رہے ہیں۔ اب ٹھوڑی ــــ جمال اس کے ان سارے انگوں کو جوڑ کر اس کی پوری شبیہہ بنانا چاہتا ہے ــــ یہ ماتھا اور یہ آنکھیں اور لیکن ماتھا آنکھوں کی جگہ آتا ہے ــــ نہیں ــــ اب وہ کبھی اپنی ماں کی صورت کو نہیں دیکھ پائے گا اپنی ماں کی صورت اس کے دل و دماغ میں ٹوٹ پھوٹ گئی ہے۔ نہیں ــــ

جمال کے خوابیدہ چہرے پر جنبش سی ہوئی ہے جیسے کوئی مردہ مچھلی نیچے سے اوپر آ رہی ہو اور تالاب کی ساکن سطح پر ہلکا سا ارتعاش ہوا ہو۔

وہ تو پاگل تھی خورشید اسے کیا معلوم کہ وہ کیا کر رہی تھی؟ ــــ اس کی کل کائنات ایک مَیں ہی مَیں تھا اور جب مَیں نے بھی اس سے منھ موڑ لیا تو باؤلی اور باؤلی کیوں نہ ہو جاتی؟

ــــ تمھیں معلوم ہے خورشید اوپر اوپر سے تو مَیں اس کا علاج کروا رہا تھا لیکن اندر ہی اندر اس کی موت کی دعائیں مانگا کرتا تھا۔ ایک بار ڈاکٹر نے اس کی تکلیف دیکھ کر جب مجھ سے کہا خدا سے دعا کرو کہ تمھاری ماں کو اٹھالے تو مَیں بہت خوش ہوا ــــ نہیں یہ غلط ہے کہ مَیں اس کی اذیّت سے پریشان تھا مجھے دراصل اپنی اذیّت سے چھٹکارا حاصل کرنے کی پڑی ہوئی تھی ــــ مَیں ــــ میں اپنی ماں کے قتل کا مرتکب ہوا ہوں خورشید ــــ ہاں مَیں ہی اسے موت کی طرف ڈھکیلتا رہا ہوں لیکن پاگل ہو کر بھی ماں کو کبھی اپنے بیٹے پر شبہہ نہیں گزرا اور خورشید مرنے سے چند گھڑیاں پہلے ــــ تم نے دیکھا ــــ وہ ایسی ہو گئی

جیسے کبھی پاگل تھی ہی نہیں ـــــــ میں نہ کہتا تھا پگلی کو معلوم ہی نہ تھا کہ وہ کیا کر رہی ہے؟ چُپ چاپ چُپ چاپ ہم سب سے باری باری پیار کیا۔ میں سب سے آگے تھا لیکن مجھ سے وہ سب کے بعد ملی جو ہمیں سب سے عزیز ہوتا ہے ہم سب سے عزیز ہوتا ہے خورشید اس سے بچھڑنا ہم پل پل ٹالتے جاتے ہیں ـــــــ ہے نا ـــــــ وہ مجھے کس کر بھینچ لینا چاہتی تھی لیکن ہڈیوں کے گچھے میں اپنی باہیں اُٹھانے کا بھی دَم نہ رہا تھا۔ میں اس کی گود میں سَر رکھ کر پھُوٹ پھُوٹ کر رونے لگا اور اسے بازوؤں میں جکڑکر روک لینا چاہا لیکن ـــــــ لیکن

بادل کے ٹکڑے آسمان میں یکجا ہو ہو کر نیچے اُترنے لگے ہیں اور اُتر اُتر کر انھوں نے زمین کو چھو لیا ہے اور بہنے کے انداز میں اٹھنے لگے ہیں۔ اور جمال ان میں غوطے کھائے جانے کے باوجود ڈوب نہیں رہا ہے۔ ان کے ساتھ ساتھ بہتا جا رہا ہے اور ایک پل کے نیچے سے بہ گیا ہے تو پھر وہی پل آگیا ہے اور پھر بہ گیا ہے تو پھر وہی پل ـــــــ پھر وہی ـــــــ پھر ـــــــ اور اس نے سر جھٹک کر اپنے آپ کو اس طلسم سے آزاد کرنا چاہا ہے ـــــــ شاید وہ جاگ پڑا ہے؟ نہیں ـــــــ ابھی نہیں ـــــــ

ایک بات سنو خورشید سنوگی تو ہنس دوگی ـــــــ امی کو مَرے کتنے سال ہو گئے ہیں؟

ـــــــ پانچ ـــــــ نہیں چھ مگر مجھے خیال آرہا ہے کہ امی مَری نہیں ہیں یوں ہی وہم ہو گیا ہے کہ وہ مر چکی ہیں ـــــــ ذرا سوچو ماں مر جائے ہماری زمین ہی مر جائے تو ہم کیونکر اپنے پیروں پر کھڑے رہ سکتے ہیں ـــــــ نہیں خورشید ماں ہمیشہ زندہ رہتی ہے کونسی ماں چاہے گی کہ اس کے لہلہاتے ہوئے معصوم پودے ایک دَم کھڑے کھڑے سوکھ جائیں۔ قدرت معصوموں کے ساتھ بے انصافی نہیں برتی۔ ماں ہمیشہ زندہ رہتی ہے ہمیشہ

اسی اثنا میں اچانک جمال کا چھوٹا بچہ رفو ساتھ کے کمرے میں رونے لگا ہے اور بچے کی ماں سب کچھ چھوڑ چھاڑ کر اس کی طرف بھاگی ہے ـــــــ اور ـــــــ اور جمال کو لگ

رہا ہے کہ یوں ہی والہانہ بھاگتی جا رہی ہے لیکن وہیں کی وہیں ہے ـــــ ٹھہرو آفاق میں آ رہی ہوں ـــــ رفو گھبراؤ نہیں آفاق کو دیکھ کر ابھی آتی ہوں ـــ اسی طرح بھاگتے ہوئے اسے کئی سال بیت گئے ہیں اس ایک لمحے میں کئی سال بیت گئے ہیں اور پھر اس نے یکبارگی رُک کر پیچھے مُڑ کے دیکھا ہے ـــــ وہی ـــــ وہی باولا سا چہرہ دودھیلی ممتا میں چھپی چھپی جھریاں تشویش ـــــ امی ـــ ی ـ اتنی رات ہوگئی ہے آج پھر آفاق نہیں آیا ـــ آفاق کے ابا اس کی طرف ایک ٹک دیکھنے لگا ہے اور دیکھتے دیکھتے چھوٹا سا نکل آیا ہے ـــ یہ تو ـــ یہ تو ـــ نہیں خورشید ماں ہمیشہ ہی زندہ رہتی ہے ـــ جائیے، پتہ کیجیے آفاق ابھی تک کیوں نہیں آیا ـــ آفاق ـــ آفاق ـــ کیا صرف آفاق کے لیے چاند کا ٹکڑا دیکھ کے آئی ہوں ـــ آفاق ـــ آفاق بیٹا ذرا ٹھہرو تم تو میرے پاس ایک منٹ بھی نہیں بیٹھتے بیٹا میں تمھارے لیے دلہن دیکھ کے آئی ہوں ـــ نہیں ماں شادی میری ہے آپ لوگوں کی نہیں ـــ دراصل ـــ میری شادی ہو چکی ہے۔ اگر آپ لوگوں نے چاہا تو میں اسے یہاں لے آؤں گا نہیں تو ہم دونوں الگ رہیں گے ـــ الگ رہیں گے ـــ آفاق کے ابا چپ کیوں ہو۔ سُن رہے ہو ہمارا بیٹا ہم سے الگ رہے گا ـــ مجھے چکر آ رہا ہے آفاق کے ابا ـــ مجھے تھام لو ـــ اچھی طرح تھام لو ـ نہیں تو میں دھڑام سے گر جاؤں گی ـــ آ ہم ـــ آؤ بیٹی ـــ تم تو میرے لاڈلے کی دلہن ہو۔ میں تم دونوں سے الگ کیسے رہ سکتی ہوں ـــ آؤ۔

پھر وہی پُل آ گیا ہے اور جمال غوطے کھا کھا کے بے اختیار اس کے نیچے سے بہ گیا ہے اور پھر اس نے بمشکل سر اُٹھا کے اپنے آگے دیکھا ہے کہ تاحد نظر وہی پُل۔ اک کے بعد ایک کھڑا ہے اور وہ بہ یک وقت ہر پُل کے نیچے سے لڑھکنے کے انداز میں بہ رہا ہے۔

دیکھیے امی آپ اپنے بیٹے کی طرف کم توجہ برتا کیجیے۔

یہ کیا کہہ رہی ہو بہو۔ میں نے تو اندھی باؤلی ہو ہو کر اپنے آفاق کو اونچا کیا ہے۔

لیکن اب میں اونچا ہوگیا ہوں نا امی۔

لیکن مجھے تو اب بھی ویسے ہی لگتے ہو بیٹے۔ ابھی کل ہی کی بات ہے کہ ـــــ نہیں امی میں اب دودھ پیتا بچہ نہیں ہوں۔ آپ کے اس قدر پیار اور توجہ سے مجھے پریشانی ہوتی ہے۔

بادل دھرتی کو سوکھا چھوڑ کے آسمان کی طرف اُٹھنے لگے ہیں ـــــ برس جاؤ خدا کے لیے برس جاؤ۔

آفاق کے ابا ـــ آفاق کے ـــــ

ہاں بھئی کہو۔ اتنا گھبرائی ہوئی کیوں ہو۔

بہو نے میکے سے کہلوا بھیجا ہے کہ وہ ہم سب کے ساتھ نہیں رہے گی۔ جب تک آفاق الگ رہائش کا بندوبست نہیں کر لیتا وہ اپنے میکے سے نہیں آئے گی ـــــ اب کیا ہوگا آفاق کے ابا ـــ یہ کیا ہو رہا ہے خدایا ـــــ میرا خون پانی ہو رہا ہے لیکن تم کچھ بھی نہیں کر رہے ہو آفاق کے ابا ـــــ

وہ آفاق جا رہا ہے ـــــ آفاق ـــ آفاق ـــــ ادھر آؤ بیٹا ـــ یہاں بیٹھو ـــــ نہیں بیٹا جلدی ہیں بھی ہو تو تھوڑی دیر کے لیے بیٹھ جاؤ میں تمہارا زیادہ وقت نہیں لوں گا ـــــ کیا یہ سچ ہے کہ تم ہمارے ساتھ نہیں رہنا چاہتے۔

اس میں حرج ہی کیا ہے ابا آپ سمجھتے کیوں نہیں ہیں اپنی زندگی جینا ہے۔

ہمیں کون ـــــ بیٹا؟ ـــــ تم اور تمہاری بیوی ـــــ ہے نا؟ مگر بیٹا تمہاری ماں کی اور ہم سب کی یہ خواہش ہے کہ ہمیں بھی اپنوں میں شامل کئے رکھو ذرا آرام سے میری بات سنو ـــــ ہماری ساری کی ساری محبت صرف ایک شخص کے لیے ہی ہو تو۔ دراصل ہماری اس محبت میں وہ ساری محبتیں کام کر رہی ہوتی ہیں جو ہمیں اوروں سے بھی ہوں ـــــ ہاں بیٹا ماں یا بہن سے پیار کئے بغیر کوئی اپنی محبوبہ سے پیار نہیں کر سکتا ـــــ ہاں بیٹا جو

سب سے پیار کرتا ہے وہی صرف ایک سے پیار کرسکتا ہے۔

تمھیں معلوم نہیں بیٹا کہ کوئی پائدار رشتہ الگ سے وجود میں نہیں آتا بلکہ سب رشتوں کا ـــــ ساری زندگی سے ہمارے رشتوں کا ایک آپسی تال میل ہوتا ہے نہ ہو تو کوئی محبوب ترین رشتہ بھی نہ ہو ـــــ اب جاؤ خدا تمھاری مدد کرے ـــــ

باہر سے کھکھٹاہٹ سی محسوس کرکے جمال کے ماتھے کے نیچے دونوں کواڑ ذرا سے ہلے ہیں اور کوئی آواز کئے بغیر چوپٹ کھل گئے ہیں اور وہ ابھی کواڑوں کے اندر باہر ہی ہے کہ اسے پیر سال ممتا کی کانپتی ہوئی آواز سنائی دی ہے ـــــ آفاق کے ابا ـــــ آفاق کے ـــــ وہی ـــــ اس نے بڑی گہری بھیگی ہوئی نظر سے بے تاب آواز کی پرچھائیں کو دیکھا ہے اور پھر بے اختیار آگے بڑھ کر اسے بھینچ لیا ہے۔ میں تمھیں کبھی نہیں چھوڑوں گا ماں ـــــ کچھ بھی ہو جائے۔

سلام بن رزاق

بھوگ

اور پھر نارد نے والیا سے پوچھا۔

" تو یہ کُکرم کس کے لیے کرتا ہے؟"

والیا نے نیزے کو اپنے ہاتھوں پر تولتے ہوئے جواب دیا۔

" اپنے بیوی بچوں کے لیے۔"

نارد مضحکہ اُڑانے والے انداز میں ہنسے۔ والیا انھیں سُرخ آنکھوں سے گھورتا ہوا بولا۔

"کیوں؟ تو کیوں ہنسا؟"

" تیری مورکھتا پر۔"

والیا نے نیزہ فضا میں بلند کرتے ہوئے گرج کر کہا۔

" بتا کیوں ہنسا۔ ورنہ بیندھ کر رکھ دوں گا۔"

نارد اسی پُرسکون انداز میں بولے۔

" سچ میں تیری مورکھتا پر ہنس رہا ہوں۔ کیوں کہ تیرے چاروں طرف گھور اندھکار پھیلا ہے اور تو نہیں جانتا کہ تجھے کدھر جانا ہے۔ تو جن لوگوں کے لیے یہ کُکرم کر رہا ہے۔ وہ سب اپنے اپنے سوارتھ کے لیے تجھ سے بندھے ہوئے ہیں۔ جب تجھ سے ان پاپوں کا حساب

مانگا جائے گا۔ اُس وقت نہ تیری بیوی تیرے کام آئے گی نہ تیرے بچے۔"

"ایسا کیوں کر ہو سکتا ہے۔ مَیں جو کچھ کر رہا ہوں اُن کے سُکھ اور آرام کے لیے کر رہا ہوں۔ جب اس کا بھگتان ہوگا وہ سب میرے ساتھ ہوں گے۔"

"جا! جا کر اپنی بیوی، بچوں سے پوچھ کر آ کہ وہ لوگ تیرے کرموں کے ساجھی دار ہیں یا نہیں؟"

والیا اپنی گپھا میں لوٹ گیا۔ بیوی، بچے اور دوسرے گھر والوں سے باری باری پوچھا کہ کیا وہ لوگ اس کے کرموں کے ساجھی دار ہیں؟" جیسا کہ رامائن میں آگے لکھا ہے۔ وہ سبھی لوگ نفی میں جواب دیتے ہوئے کہتے ہیں:" تیرے کرم تیرے ساتھ۔ ہم تو کیول تیرے دھن، سادھن کے بھوگتا ہیں۔"

والیا یہ جواب سُن کر کانپ جاتا ہے اور یہ کہانی پڑھتے پڑھتے وہ خود بھی کانپ گیا۔ اس کی پیشانی پسینے سے تر ہوگئی اور دل کی دھڑکن اچانک بڑھ گئی۔ جانے اس چھوٹی سی کتھا میں ایسا کیا تھا کہ یک بیک وہ بے حد مضطرب ہوگیا۔ اس نے گھبرا کر ایک نظر اپنے اردگرد ڈالی۔ اسے لگا وہ اپنے فلیٹ کے ڈرائینگ روم میں نہیں ہزاروں برس سے بندھیاگری کے گھنے جنگل میں کھڑا ہے اور ایک غیبی آواز اس کے چاروں طرف ہواؤں کے دوش پر سرسراتی پھر رہی ہے۔

"کیا تیرے بیوی بچے تیرے کرموں کے ساجھی دار بنیں گے؟"

"کیا تیرے بیوی بچے تیرے کرموں کے ساجھی دار بنیں گے؟"

اور پھر جیسے سیکڑوں چڑیلیں ایک ساتھ چنگھاڑتی ہیں۔

"نہیں —— نہیں —— نہیں —— نہیں۔"

کمرے میں رکھے ٹی وی سیٹ سے نارد کا چہرہ جھانکتا ہے۔ گلے میں تنبورا لٹکائے منجیرا بجاتے نارد کی آواز آتی ہے۔

"نا —— را —— ین، —— نا —— را —— ئن —— کیا تیرے، بیوی بچے تیرے

کرموں کے ساجھی دار بنیں گے ۔؟"

دیوار پر ٹنگی اٹالین گھڑی کا پنڈولم ہلتا ہے۔

"نہیں ـــــ نہیں ـــــ نہیں ـــــ نہیں ـــــ"

گودریج کی فولادی الماری، ڈرائننگ ٹیبل، کرسیاں، فرج، ایکویریم، بلجی گلاس کا شوکیس، ریڈیو گرام، چھت میں لٹکتا شمع دان، دیواریں، کھڑکیاں، کھڑکیوں میں لٹکتے نالکائی پردے، غرض کمرہ، کمرے کی ہر چیز اس سے بس ایک ہی سوال پوچھ رہی تھی۔

"کیا تیرے بیوی بچے تیرے کرموں کے ساجھی دار بنیں گے؟"

اور دیوار پر ٹنگی گھڑی کا پنڈولم متواتر ایک ہی لَے میں ہل رہا تھا۔

نہیں، نہیں ـــــ نہیں، نہیں ـــــ"

اس نے رامائن بند کردی۔ پیشانی کا پسینہ پونچھا۔ رامائن کو بند کرکے میز پر ایک طرف رکھ دیا ـــــ اچانک الماری کے قدآدم شیشے میں اسے اپنا عکس نظر آیا۔ بدن پر لنگوٹی، داڑھی اور بال بے تحاشا بڑھے ہوئے سُرخ آنکھیں، ہاتھ میں چمکتا نیزہ ـــــ اُف ـــــ والیا! اس نے خوف سے آنکھیں بھینچ لیں۔ اتنے میں اس کی بیوی کی آواز اُس کے کانوں میں آئی۔

" اچھا تو میں چلتی ہوں ـــــ آپ کے لیے کھچڑی بنادی ہے۔ وہی فرج میں رکھا ہے"۔

بیوی اپنی ساڑی کی چنٹیں ٹھیک کرتی ہوئی دروازے کی طرف بڑھ رہی تھی۔ وہ چند لمحے ہونقوں کی طرح بیوی کی طرف دیکھتا رہا ـــــ اچانک بولا ـــــ "سنو!"

بیوی جاتے جاتے رک کر مڑی "کیا ہے؟"

اس نے دھیان سے دیکھا۔ بیوی نے وہی ساڑھے چار سو والی ساڑھی پہنی تھی جو اس نے پچھلے ہی ہفتے خرید دی تھی۔ گلے میں قیمتی ہار، منگل سوتر کانوں میں ٹاپس، کلائیوں میں سونے کی چوڑیاں، گھڑی، ناک میں کیل، اس کے بالوں کا جوڑا بہت پُر کشش لگ رہا تھا ـــــ وہ تھوڑی دیر تک بیوی کی طرف دیکھتا رہا۔

بیوی شرما گئی۔ اس نے ساڑی کا پلو ٹھیک کرتے ہوئے مسکرا کر کہا ـــــ "کیا ارادہ ہے؟"

"کچھ نہیں ـــــ" وہ بڑبڑا گیا، پھر سنبھل کر پوچھا "کب تک لوٹو گے تم لوگ؟"

"برتھ ڈے کی تو پارٹی ہے۔ جلد ہی آجائیں گے۔"

"کھانا بھی تو ہے۔"

"ہاں ہے۔ مگر ہم لوگ کھانا کھاتے ہی چلے آئیں گے۔ رکیں گے نہیں میں نے ممی سے کہا تھا۔ بچوں ہی کو لے جاؤ۔ میرا کام کیا ہے۔ مگر اس نے ناراض ہونے کی دھمکی دی تھی۔ وہ تو آپ کو بھی ساتھ لانے کے لیے کہہ رہی تھی۔ مگر میں نے کہہ دیا کہ طبیعت خراب ہے۔ وہ نہیں آئیں گے۔"

اتنے میں نیچے سے پپو کی آواز آئی۔

"ممی! چلو نا۔ کیا کر رہی ہو کب سے؟"

"اچھا جاؤ ـــــ دیکھو بچے انتظار کر رہے ہیں۔"

بیوی چلی گئی، دروازہ ایک ہلکے سے کھٹکے کے ساتھ خود بخود بند ہو گیا جانے وہ کتنی دیر تک یونہی چپ چاپ بیٹھا رہا۔ کمرے میں گھڑی کی ٹک ٹک کے سوا دوسری کوئی آواز نہیں آرہی تھی۔ اس خاموشی سے اسے دحشت ہونے لگی۔ وہ اٹھ کر دھیرے دھیرے چلتا ہوا پھر شیشے کے سامنے جاکر کھڑا ہو گیا۔ دیر تک اپنے ہی عکس کو گھورتا رہا۔ پھولے گال، چھوٹی آنکھیں بڑھا ہوا پیٹ، سر کے بال نصف سے زیادہ اڑ چکے تھے۔ ایک دفعہ اس نے اپنے تیزی سے اڑتے ہوئے بالوں پر تشویش کا اظہار کیا تو بیوی نے کہا تھا۔

"آپ کو معلوم ہے آدمی گنجا ہونے لگتا ہے تو اس کی ہتھیلی میں دولت کی لکیریں زیادہ گہری ہونے لگتی ہیں۔ چوڑی پیشانی۔ دولت کی نشانی۔"

اس وقت وہ مسکرا کر چپ ہو گیا تھا۔ مگر اب وہ سوچنے لگا۔ بیوی کا وہ جملہ کتنا خودغرضانہ تھا۔ اسے اپنے بال بے حد عزیز تھے۔ وہ دس دس پندرہ پندرہ منٹ آئینے کے سامنے کھڑے ہو کر اپنے بال درست کیا کرتا تھا اور اس کی بیوی کے نزدیک گویا اس کے بالوں کی کوئی اہمیت ہی نہیں تھی۔ بس ہتھیلی میں دولت کی لکیریں گہری ہوتی جائیں۔ دولت، دولت، دولت، کیا ملا اسے اتنی دولت کما کر؟ یہی نا کہ اس کے بچے کانونٹ میں پڑھنے لگ گئے۔ فرج کا ٹھنڈا پانی پینے اور ڈائننگ ٹیبل پر کھانا کھانا سیکھ گئے۔ بیوی قیمتی ساڑیاں اور زیورات پہن کر اپنی سہیلیوں اور رشتہ داروں کو مرعوب کرنے کا ہنر جان گئی ماں کاشی یاترا کے لیے روانہ ہو گئی مگر اسے کیا ملا؟ گنجا پن۔ بے خوابی۔ گھبراہٹ۔ بلڈ پریشر اور کبھی کبھی دل کو مسوس دینے والی اُداسی؛ اسے پانچ سال پہلے جنتا چال کی اپنی چھوٹی سی کھولی یاد آگئی۔ جس میں سیلن کی وجہ سے عجیب سی بدبو پھیل گئی تھی۔ دیواروں میں لونا لگا تھا اور برسات کے موسم میں چھت کثیر البول مریض کی طرح قطرہ قطرہ ٹپکتی رہتی تھی راتوں میں مچھر جتھوں کی شکل میں یلغار کرتے اور بے شمار کھٹمل ان کا خون چوستے رہتے۔ اس سب کے باوجود وہاں کبھی اسے بے خوابی کی شکایت نہیں ہوئی تھی نہ اس پر گھبراہٹ کے دورے پڑے تھے، نہ اس کا بلڈ پریشر ہائی ہوا تھا۔ ٹھیک ہے وہاں اسے فرج کا ٹھنڈا پانی نہیں ملتا تھا۔ ڈائننگ ٹیبل کی بجائے چٹائی پر بیٹھ کر کھانا کھانا پڑتا تھا —— ڈنلپ کے نرم گدوں کی بجائے گٹھلی دار گدڑیوں پر سونا تھا، مگر گہری نیند سوتا تھا۔ آج اس نے اپنے فلیٹ میں آرام و آسائش کی ہر چیز مہیا کر لی تھی۔ مگر من کی شانتی گنوا بیٹھا تھا۔ اب وہ چار گھنٹوں کی نیند کے لیے بھی سلیپنگ پلس کا محتاج تھا۔ اس کے فرج میں مرغی انڈا، مٹن، مکھن سب بھرا رہتا تھا۔ مگر اسے صرف دہی اور چاول ہی کھانا پڑتا۔ ڈاکٹر کی ہدایت بھی یہی تھی۔ اس نے اپنے پھولے پیٹ پر ہاتھ پھرایا۔ اس کی پتلی پتلی ٹانگوں پر اب یہ پھولا پیٹ عجیب بد وضع لگ رہا تھا۔ اس نے دیوار پر لگی اپنی تصویر کی طرف دیکھا۔ آئینے میں کھڑی پرچھائیں اور اس

تصویر میں کتنا فرق ہے ـــــ دس برس پہلے کتنا اسمارٹ تھا وہ۔

دس برس، دس صدیاں، دس ہزار صدیاں، سچ مچ اس نے دس برس میں کافی لمبی مسافت طے کرلی تھی۔ اتنی لمبی کہ اب پیچھے پلٹ کر دیکھنا بھی ناممکن تھا۔

یہ آرام دہ فلیٹ، قیمتی فرنیچر، اعلیٰ قسم کی کراکری، نفیس کپڑے زیورات دس برس پہلے اس کے پاس کچھ بھی تو نہیں تھا ـــــ تو کیا وہ ان ساری چیزوں کو کسی ندی میں بہادے؛ کسی خیراتی ادارے کو خیرات کردے پھینک دے، جلادے، کیا کرے؛ کیا کرے آخر؛ یہ ساری چیزیں جو اب اس کی اور اس کی بیوی بچوں کی زندگی کا لازمی جز بن چکی تھیں جن کے بغیر اب ان کے لیے زندگی کا کوئی تصور نہیں ہو سکتا تھا۔ یہ ساری چیزیں یک بیک ضائع کر دینا کیا اب ممکن ہے؛

اٹالین گھڑی کا پنڈولم ہل رہا تھا۔

"نہیں، نہیں ـــــ نہیں نہیں ـــــ"

وہ خود کو بدل سکتا تھا۔ مگر اپنے سارے گھر والوں کو بدلنا کیوں کر ممکن ہو سکتا تھا؛ کیا اس کی بیوی اور بچے دس سال پیچھے کی زندگی میں لوٹنے کو تیار ہو جائیں گے؛ ہرگز نہیں۔

اس کی بیوی تو اب نئے ماحول میں ایسے رچ بس گئی تھی جیسے اس نے غربت کے دن دیکھے ہی نہ تھے۔ وہ میک اپ کرنا، شاپنگ پر جانا اور پارٹیوں میں شریک ہونا ایسے سیکھ گئی تھی جیسے یہ سب اس کے خاندان میں پشت ہا پشت سے چلا آرہا ہو۔ اس کی بے شمار سہیلیاں بن گئی تھیں۔ اس نے کہیں شام کی انگلش کلاس بھی جوائن کرلی تھی۔ اور ضرورت پر ویل کم، گڈ بائی، گڈ مارننگ، ہاؤ آر یو اور فائن جیسے الفاظ روزمرہ کی گفتگو میں کثرت سے استعمال کرنے لگی تھی۔ اب اس کے گھر کے بھی لوگ ناشتے کو بریک فاسٹ اور دوپہر کے کھانے کو لنچ کہنے لگے تھے۔ پہلے اس کی دونوں لڑکیاں میونسپلٹی کے اسکول میں پڑھتی

تھیں۔ مگر اب دونوں نہ صرف کانونٹ میں پڑھنے لگی تھیں بلکہ کھو کھو یا آنکھ مچولی جیسے گنوار کھیلوں کی بجائے پاس کے جیم خانے میں جاکر بیڈمنٹن کھیلنا اور اسکیٹنگ کرنا بھی سیکھ گئی تھیں۔ لڑکا کامکس پڑھتا تھا اور ٹارزن، فینٹم اور سپرمین میں زیادہ دلچسپی لینے لگا تھا۔ ابھی اس کی ناک بہنا بند نہیں ہوئی تھی مگر بیوی نے اعلان کر دیا کہ وہ اسے پائلٹ بنائے گی۔ عرصہ ہوا اس کی بیوی نے زمین پر دیکھنا چھوڑ دیا تھا۔ ماں کو اس کی اندرونی اور بیرونی سرگرمیوں کا زیادہ علم نہیں تھا۔ بس وہ آئے دن بھجن، کیرتن اور پوجا پاٹھ میں اپنا وقت گزار لیتی تھی۔ وہ اپنے بیٹے بہو اور پوتے پوتیوں کو پھولتا، پھلتا دیکھ کر سمجھتی تھی کہ یہ ساری خوشی اطمینان اور سکون اسی کی اپاسنا اور پرارتھنا کا نتیجہ ہے۔ اس کی اَنتم اِچھا تھی کہ وہ ایک برس کاشی میں گزارے۔ ماں کی اِچھا پوری کرنا بیٹے کا پرم کرتویہ ہے۔ اس نے اسے کاشی بھیجنے کا پربندھ کروادیا اور اب پچھلے چار مہینے سے ماں کاشی میں تھی اور ایشور درشن سے آتم شانتی لابھ کر رہی تھی۔

بظاہر اس کے اردگرد سب کچھ بہت اطمینان بخش تھا۔ اطمینان بخش۔ پُرسکون اور مسرتوں سے پُر۔ مگر جانے کیوں، کبھی کبھی وہ بے حد اُداس ہو جاتا! ایک بے نام سی کسک اس کے سینے میں ٹیس مارتی اور یک بیک اس کی آنکھوں کے سامنے اندھیرا سا چھا جاتا۔ اس وقت نہ اسے فرج کا ٹھنڈا پانی اچھا لگتا نہ پنکھے کی ہوا سہاتی۔ اس وقت اسے بیوی کا میک اپ زدہ چہرہ کسی بھتنی کے چہرے سے مشابہ دکھائی دیتا۔ اور بچوں کی قلقاریں سانپوں کی پھپھکاریں معلوم ہوتیں۔ پانڈے۔ سید اور ناگر کی دوستی نے اسے اس اُداسی سے چھٹکارا پانے کا گُر بتادیا تھا۔ اور اب وہ کم از کم اتنی شرابوں کے نام جاننے لگا تھا جتنی اس کی ہتھیلی کی لکیریں۔

"رم ـــــ دشمنِ غم" اسے اپنے ایک شاعر دوست کی کہی ہوئی بات یاد آگئی۔

رم ـــــ ہاں ـــــ اور اس نے جلدی سے کتابوں کی الماری کھولی اور کتابوں کے

پیچھے چھپا کر رکھی ہوئی رم کی بوتل نکال لی۔ گلاس لیا۔ رم ڈالنے کے بعد گلاس میں دو آئس کیوبس چھوڑے اور گلاس لے کر پھر کرسی پر آکر بیٹھ گیا۔ دو بڑی چسکیوں نے ہی اس کی اُداسی کو اس طرح چھانٹ دیا جیسے بارش کی پہلی پھوار تالاب پر جمی کائی کو چھانٹ دیتی ہے۔

"ہم ——" اس نے میز پر پڑی رامائن کی طرف دیکھا۔ مگر اب اس کے اندر کوئی ہلچل نہیں ہوئی۔ وہ اب نارد کے ہر سوال کا جواب دینے کے لیے مستعد تھا۔

کہاں ہے وہ سوال؟ اس نے تیسری چسکی لی اور رامائن کو اُلٹنے پلٹنے لگا۔ نارد نے مسکرا کر پوچھا —" بتا تو یہ کُکرم کس کے لیے کرتا ہے؟"

"ہش —— ہش ... ش —— کُکرم، یہ کُکرم ہے؟ جو کچھ میں کر رہا ہوں وہ کُکرم ہے؟ یعنی ایک اچھے معقول مکان کی خواہش کرنا، بچوں کو اچھی تعلیم دلانا، بیوی کو پہنانا اوڑھانا، ماں کی خواہش کا احترام کرنا، یعنی یہ سب کُکرم ہے؟"

نارد کا دوسرا سوال سانپ کی طرح پھن اٹھا کر کھڑا ہو گیا۔

"کیا تیرے بیوی بچے تیرے کرموں کے ساجھی دار بنیں گے؟"

اور یک بیک اس کا سارا جوش ٹھنڈا پڑ گیا۔ اس نے گلاس اُٹھا کر ہونٹوں سے لگا لیا اور ایک ہی سانس میں سارا گلاس خالی کر گیا اس نے دوبارہ رامائن کو بند کر کے ایک طرف کو سرکا دیا۔ اسے اب رامائن سے ڈر لگنے لگا۔ اس نے رامائن اس لیے پڑھنا شروع کیا تھا کہ من کو شانتی ملے۔ یہاں تو اس کا سارا سکون حرام ہو گیا تھا۔ اسے اب بیوی پر غصہ آنے لگا۔ اسی نے تو اسے مشورہ دیا تھا کہ گھر میں پڑے پڑے تمہارا من گھبراتا ہوگا۔ دھارمک پُستکیں پڑھو، من کو شانتی ملے گی۔ ڈاکٹر نے کہا تھا معمولی سا بلڈ پریشر ہے۔ چار چھ روز کے آرام سے نارمل ہو جائے گا۔ اس نے بھی سوچا ٹھیک ہے۔ ایک ہفتے ہی کی تو بات ہے۔ اس ایک ہفتے کو دھارمک ہفتہ سمجھ کر منالیں گے۔ دارو، سگریٹ اور ماس تو خود ڈاکٹر منع کر چکا ہے۔ تھوڑا دھارمک پُستکوں کا اَدھین کر لیں گے، دھرم پالن ہو جائے گا۔ اس نے شروع کے دو تین روز گیتا کا پاٹھ

کیا۔ مگر اس میں تو صرف بھگوان کرشن کے اُپدیش ہی تھے۔ اسے مزا نہیں آیا۔ پھر اس نے رامائن پڑھنا شروع کیا مگر شروع کے صفحات پر ہی والیا اور نارد کے واقعے نے اسے لرزا کر رکھ دیا۔ رامائن کو اس نے اپنے سے دور تو سرکا دیا۔ مگر جوں ہی اس پر نظر پڑتی اسے نارد کا سوال سُنائی دیتا ——" تو یہ سب لکرم کس لیے کرتا ہے؟"

اب وہ نارد کو کیسے سمجھائے کہ آج کے زمانے میں اپنی تنخواہ کے علاوہ اوپر سے ہزار پانچ سو کمانا کوئی لکرم نہیں ہے، بیوی کو چند زیورات بنا دینا بچوں کو کانونٹ اسکول میں پڑھانا۔ گھر میں ٹی وی، فریج اور ڈائننگ ٹیبل کا رکھنا، پاپ نہیں آج کی ضرورت ہے۔ ماحول کا تقاضا ہے۔

جب تک یہ چیزیں اس کے پاس نہیں تھیں، یہ تین کمروں کا فلیٹ اس کے تصرف میں نہیں تھا۔ وہ لوگوں کی نظروں میں کتنا حقیر تھا۔ دفتر کے ساتھی اس کی طرف دیکھ دیکھ کر ہنستے، سرگوشیاں کرتے اور اسے طنزاً 'ستیہ کام' کے نام سے مخاطب کرتے۔ یہ وہ زمانہ تھا جب ابھی ان پر اٹیٹس کے بھوت کا سایہ نہیں پڑا تھا۔ اور اس کی بیوی گاؤں کی سیدھی سادی گھریلو عورت کے سوا کچھ نہیں تھی اور نہ ہی وہ اس وقت تک شاپنگ جیسی لت میں مبتلا ہوئی تھی۔

پانڈے اکثر اس سے کہتا ——" بیٹا! اپنی روش نہیں بدلو گے تو ایک دن اس دس بائی دس کی کھولی میں خون تھوکتے تھوکتے مرجاؤ گے اور بیوی بچے سڑکوں پر بھیک مانگتے پھریں گے۔"

بظاہر وہ پانڈے اور دوسرے ساتھیوں کی ان چبھتی باتوں کو ہنس کر ٹال جاتا۔ مگر اندر بہت گہرے میں سے کچھ چٹختا سا محسوس ہوتا، دل ڈوبنے لگتا اور ایک لمحے کو اس کی نظروں کے سامنے اپنی بیوی اور بچوں کی تصویر گھوم جاتی۔

اس کی جوان اور خوبصورت بیوی کسی بنگلے میں جھوٹے برتن مانجھ رہی ہے۔ اس کا بلاؤز جگہ جگہ سے پھٹ گیا ہے۔ ساڑی مسک گئی ہے اور بنگلے کے موٹے سیٹھ کی نظریں اس کے بدن کے عُریاں حصّوں پر گڑی جارہی ہیں۔ اس کے بچے فٹ پاتھ پر بیٹھے بلک بلک کر

کر راہ گیروں سے ۵ پیسے دس پیسے مانگ رہے ہیں۔ ماں ـــــ ماں کی لاش کمرے کے سیلن زدہ فرش پر تختہ بنی پڑی ہے۔ اُف ـــــ اس کی پیشانی پر پسینہ چھلچھلا آتا اور اسے لگتا وہ اچانک اتنا کمزور ہوگیا ہے کہ ایک معمولی سی ٹھوکر پر بھی ریت کے گھروندے کی طرح بکھر جائے گا۔

اس وقت اس کے کانوں میں جیسے کوئی زور زور سے چیخنے لگتا۔

"اپنی روش بدلو، ورنہ خون تھوکتے تھوکتے مرجاؤگے۔"

"اپنی روش بدلو، ورنہ خون تھوکتے تھوکتے مرجاؤگے۔"

ساتھیوں کے زہر میں بجھے جملے، بیوی کی حسرت بھری فرمائشیں، بچوں کی تڑپ، ماں کی کھانسی ـــــ آخر ایک دن وہ اپنی روش بدلنے پر مجبور ہوگیا مگر یہ تبدیلی اس کے اندر بہت دھیرے دھیرے اور غیر محسوس طریقے سے آئی تھی۔ اور اس کے ساتھ ہی سب کچھ ٹھیک ٹھاک ہوتا گیا تھا۔ اب دفتر میں اس پر کوئی 'ستیہ کام' کی تہمت نہیں لگاتا اور نہ اسے دیکھ دیکھ کر اس کے ساتھی سرگوشیاں کرنے اور مسکرانے لگتے۔ اب وہ ان سب کا ہم راز تھا اور وہ سب اس کے شریک کار۔

گھر میں بیوی کا مرجھایا چہرہ کنول کی طرح کھلنے لگا۔ بچوں کی چہکار میں اضافہ ہوگیا۔ ماں کی کھانسی کم ہوتے ہوتے بند ہوگئی ـــــ سب خوش تھے اور سب کو خوش دیکھ کر وہ بھی خوش تھا کہ ان سب کی خوشی کی خاطر تو اس نے یہ زہر پیا تھا۔ جب وہ کالج میں پڑھتا تھا تبھی سے اسے ٹوٹی پھوٹی کویتائیں لکھنے کا شوق تھا۔ اور اس کا یہ شوق جنتا چابی کی کھولی تک برقرار تھا۔ مگر اب دھیرے دھیرے اس کے پرانے شوق بدلتے گئے اور ان کی جگہ نئے نئے شوق جنم لینے لگے۔ اب کویتاؤں کے بدلے اسے بے شمار پارٹی جوکس یاد تھے، جنھیں مختلف پارٹیوں میں سنا کر وہ لوگوں کو ہنسا ہنسا کر رُلا دیتا تھا۔ مگر کبھی کبھی اس کے اندر وہ دم توڑتا کوئی ایک آدھ ہچکی لیتا تو وہ یک بیک تڑپ اُٹھتا۔ اور آج والیا کی کتھا نے تو اسے بے حد مضطرب کردیا تھا۔

اس نے رم کا تیسرا پیک بنایا۔

سچ! وہ کیوں بیوی بچوں کے لیے اپنے آپ کو گناہ گار کرے؟ انھیں پالنے کی ذمہ داری ضرور اس کی ہے۔ اور وہ انھیں اپنے ضمیر کو آلودہ کئے بغیر بھی پال سکتا ہے۔ آخر روپیہ بٹورنے، بے ایمانیاں کرنے اور دوسروں کا گلا کاٹنے سے پہلے بھی تو انھیں وہ پالتا تھا۔ پھر وہ کیوں اس دلدل میں اُتر گیا وہ کیسی ہوس تھی جس نے اس کی شخصیت کا رُخ ہی بدل دیا۔ یقیناً اس نے یہ سب ایک بہتر زندگی کے حصول کے خاطر کیا تھا۔ مگر اس زندگی کا رس تو اس کے بیوی بچوں کو طراوت بخش رہا تھا۔ اس کے حصے میں تو زہر ہی زہر آیا تھا۔

وہ تیسرا پیک بھی خالی کر گیا اور انتہائی تلخی سے مونہہ بنا کر خالی گلاس کو گھورنے لگا۔ تھوڑی دیر تک خالی گلاس کو گھورتا رہا۔ پھر ایک جھٹکے سے بوتل اٹھائی اور چوتھا پیک انڈیلنے لگا۔

"بس —— کل وہ بیوی سے صاف کہہ دے گا کہ اب وہ مزید بار اُٹھانے کے قابل نہیں رہا ہے۔ ورنہ اس کے کاندھے ٹوٹ جائیں گے وہ لوٹ رہا ہے۔ وہ دس برس پیچھے لوٹ رہا ہے۔ آگے بڑھتے وقت بیوی ہمیشہ اس کی پیٹھ ٹھونکتی رہی تھی۔ اب پیچھے لوٹنے میں بھی اس کا ساتھ دے مگر کیا وہ مان جائے گی؟ ماننا ہی پڑے گا۔ بہت ہو گیا آدمی سونے کا نوالہ کھائے مگر من کی شانتی نہ ہو تو سب بیکار ہے۔ بس کل سے یہ سب شراب، سگرٹ سب بند —— کل ہی وہ کباڑیے کو بُلا کر یہ ڈائننگ ٹیبل، صوفہ سیٹ، شوکیس، سارا غیر ضروری سامان بیچ دے گا۔ دھیرے دھیرے ٹی وی اور فرج سے بھی چھٹکارا پالے گا۔ بیوی لاکھ سر پیٹے، بچے ہزار ضد کریں اب وہ کسی کی نہیں سُنے گا۔ اب وہ صرف وہی کریگا جو اس کا ضمیر کہتا ہے۔ لوگ یقیناً اسے پاگل کہیں گے، بلا سے —— دفتر میں بھی سب اسے عجیب عجیب ناموں سے پُکاریں گے۔ پکاریں —— اب وہ ان سب کی فکر کرے

کہ اپنے دل کی آواز سُنے۔ اسے ہر قیمت پر اپنے من کی شانتی عزیز ہے۔

چوتھا پیک بھی ختم ہو گیا۔ اب وہ کرسی پر بیٹھا بیٹھا جھوم رہا تھا —— دیواریں، کھڑکیاں، کمرہ، کمرے کی ہر چیز، اس کے گرد رقص کر رہی تھی۔ اور وہ اپنی گردن کبھی ادھر کبھی اُدھر گھماتا ٹکٹ ٹکٹ کر انھیں رقص کرتا دیکھ رہا تھا۔

میز پر رکھی بوتل بھی آہستہ آہستہ تھر کنے لگی۔ اس نے ہاتھ بڑھا کر بوتل کی گردن دبوچ لی۔ گلاس میں شراب انڈیلی۔ گلاس کو آنکھوں کے برابر لا کر پیک کا اندازہ لگانے کی کوشش کی۔ مگر اندازہ لگانا مشکل تھا۔ ایک پر ایک دو دو تین تین گلاس چڑھے ہوئے تھے۔ اس نے تھک ہار کر گلاس کو پھر میز پر رکھ دیا۔ اور جگ سے گلاس میں پانی انڈیلنا چاہا —— جگ خالی تھا۔ اس نے جھنجھلا کر جگ دوبارہ میز پر پٹکا —— اور گلاس اُٹھا کر منہ سے لگا لیا۔ نیٹ رم ایک جلتے تیر کی طرح حلق کو چھیلتی ہوئی معدے کے اندر اُتر گئی۔ اس نے بہت بُرا سا منہ بنایا۔ گلاس کو میز پر پٹخ کر کھڑا ہو گیا —— مگر پیر بُری طرح لڑکھڑا گئے۔ ڈگمگا کر پھر کرسی پر بیٹھ گیا۔ اب کمرہ اور کمرے کی چیزوں کا رقص بہت تیز ہو گیا تھا۔ اور ساری چیزیں ایک خاص لے میں پوچھ رہی تھیں۔

"تو یہ گکرم کس کے لیے کرتا ہے؟"

"تو یہ ککرم کس کے لیے کرتا ہے؟"

اسے غصّہ آ گیا۔ وہ پھر لڑکھڑاتا ہوا کرسی سے اُٹھا۔ اس نے اس طرح دونوں ہاتھ پھیلائے جیسے حرکت کرتے کمرے اور رقص کرتی چیزوں کو تھام کر اپنی اپنی جگہ کھڑا کر دینا چاہتا ہو۔ ہر چیز اس کے پاس سے کترا کر نکل رہی تھی۔ وہ دونوں ہاتھ پھیلا پھیلا کر چیزوں کو پکڑنے کی کوشش کرتا۔ مگر کوئی چیز اس کے ہاتھ نہیں آ رہی تھی۔ بالآخر وہ تھک گیا تھک کر ہانپنے لگا۔ چیزوں کا رقص جاری تھا۔ اچانک کمرے کی دیواریں اپنی جگہ سے سَرک سَرک کر اسے دبوچ لینے کو بڑھیں۔ چھت بیٹھنے لگی۔ وہ لڑکھڑا کر گرا۔ یکے بعد دیگرے کمرے کی اشیا اس پر ڈھیر ہوتی چلی گئیں اور اس کا دم گھٹنے لگا۔ آنکھیں خود بخود بند ہو گئیں۔ اس کے بعد اسے کسی بات کا ہوش نہیں رہا۔

عابد سہیل

سوا نیزہ پر سورج

(لکھنؤ کے نام دوسری کہانی)

میری بڑی بیٹی سامنے کھڑی مسکرا رہی تھی۔

میں نے پوچھا "کھیل چکیں"۔

"کیا کھیلیں"۔ اس نے دونوں ہاتھ اٹھا کر ہوا میں جھلا دئے۔

"کیرم کیوں نہیں کھیلتیں"۔

"آپ تھوڑی دیر بعد کہیں گے تم لوگ شور کرتے ہو ـــــ اور پھر شگوفہ کھیلنے بھی تو نہیں دیتی ـــــ تھوڑی تھوڑی دیر بعد سب گوٹیں گڑبڑ کر دیتی ہے۔ خود تو کھیلنا آتا نہیں ہمیں بھی نہیں کھیلنے دیتی۔

"بچی ہے" میں نے کہا" اپنی چھوٹی بہن کا خیال تو کرنا ہی چاہیئے"۔ میں نے اپنے حساب سے سارا جھگڑا چکا دیا۔

"تو ہم کون سے بوڑھے ہو گئے ہیں۔ ہم بھی تو بچے ہیں"۔ فوزیہ نے بے حد سادگی اور بھولے پن سے کہا۔

میں نے مسکرا کر اس کی طرف دیکھا۔ واقعی ابھی تو وہ بھی بچی ہی تھی۔ اس سے یہ امید کرنا کہ چھوٹے بھائی بہنوں کے جھگڑے چکائے چھوٹی بہن کیرم کی گوٹوں کو کھیل کے درمیان بار بار بگاڑ دے تو

غصہ ہونے کے بجائے انھیں پھر سے اپنی جگہ رکھ کر اسے سمجھائے اس کے ساتھ ذرا زیادتی ہی تھی اس لیے میں نے کہا۔

" تو تم دونوں لوڈو کیوں نہیں کھیلتے "۔

" صبح تو کھیلا تھا "۔

" تو اور کھیلو "۔

" اور کیا کھیلیں "۔ وہ بھنائی۔ " صبح جب سیف ہارنے لگے تو خفا ہو کر الگ بیٹھ گئے۔ بولے آپ ہمیشہ ہرا دیتی ہیں ضرور بے ایمانی کرتی ہیں "۔

" تو ایسا کرو " میں نے ایک ترکیب نکالی " خود تو چار گوٹوں سے کھیلو اور اس کو دو گوٹوں سے کھیلنے دو "۔

" اس سے کیا ہوگا " فوزیہ نے پوچھا۔

" ہوگا یہ کہ تم اچھا کھیلتی ہو۔ تم تو جیتو گی ہی۔ اس طرح ممکن ہے سیف بھی کبھی جیت جائے۔ اس کی بھی خوشی ہو جائے گی۔

" اس میں اچھا کھیلنے کی کون سی بات ہے "۔ اس نے کہا " یہ تو قسمت کی بات ہے۔ پانسہ میں جو بھی نمبر آجائے۔ بڑے چھوٹے سے اس کا کیا تعلق "۔

" پھر بھی "۔

" پھر بھی کیا ابو ــــــ وہ پانسہ ڈالیں تو گن کر ان کی گوٹ بھی آگے بڑھاؤ اس کا بھی خیال رکھو کہ ان کی گوٹ نہ پٹنے پائے۔ اس پر بھی ہار جائیں تو منہ پھلا کر بیٹھ جائیں "۔

سچ پوچھئے تو فوزیہ کی دلیل میں وزن تھا اور میں سوچ ہی رہا تھا کہ کیا جواب دوں کہ اتنے میں سیف میاں دوسرے کمرے سے آگئے۔ ان کی آنکھوں میں آنسو تھے جو مجھے دیکھتے ہی بہہ نکلے۔

" ابو دیکھئے گڑیا ہمارے ساتھ کھیلتیں نہیں "۔ یہ کہہ کر سیف جو ہمیشہ فوزیہ کو گڑیا ہی کہتے تھے بھوں بھوں رونے لگے۔

فوزیہ نے جب دلیل کو آنسوؤں سے ہارتے دیکھا تو وہ بھی رونے لگی۔

تھوڑی دیر بعد تینوں بھائی بہن پھر ایک جگہ مل جل کر کھیلنے لگے۔ لکھنؤ سے جھانک کر میں نے دیکھا تو آنگن کے دوسری طرف باورچی خانہ کے پاس والے دالان میں ان کھلونوں کی جو امتحانات ختم ہونے کے بعد دوبارہ ان کے قبضہ میں گئے تھے بارات سجی تھی۔ چھوٹی چھوٹی اینٹوں کو جوڑ کر چولہا بنایا گیا تھا جس پر ایک چھوٹی سی پتیلی میں کھانا پک رہا تھا۔ سامنے گڈے گڑیوں کا صوفہ سیٹ سجا تھا۔ بیچ میں ایک چھوٹی سی میز رکھی تھی۔ صوفوں پر آمنے سامنے گڈے گڑیا بیٹھے تھے۔ ان کے سامنے میز پر ٹین کی پھولدار رنگین پلیٹیں رکھی تھیں جن میں بسکٹ اور لکڑی کے چھوٹے چھوٹے ٹکڑے رکھے تھے ٹین کی رنگین کیتلی اور چینی کی چھوٹی چھوٹی پیالیاں طشتریاں قرینے سے میز پر سجی تھیں۔ فوزیہ نے پتیلی پر سے طشتری اٹھا کر چمچے سے ایک آلو نکالا اور اسے دو انگلیوں سے دبا کر دیکھا اور بولی "ابھی کچے ہیں" تو شگوفہ نے گڑیا گڈے کی طرف دیکھ کر کہا "ابھی کھانے میں تھوڑی دیر ہے۔ آپ لوگ جب تک ناشتہ کیجئے"۔

میں اپنی ہنسی بمشکل ہی ضبط کر سکا۔ وہ اپنے کھیل میں اس طرح کھوئے ہوئے تھے کہ انھیں اس بات کا اندازہ بھی نہیں ہوا کہ میں انھیں دیکھ رہا ہوں ورنہ فوزیہ وہیں سے کہتی "ابو اللہ آپ اندر جائیے۔ دیکھئے ہم تو آپ کا کھیل نہیں دیکھتے ہیں"۔

میں مطمئن ہو کر کمرہ میں چلا آیا۔ بیوی عزیز کے یہاں جو یہاں سے شدید بیمار ہو گئی تھیں گئی ہوئی تھیں۔ اس گھر میں دو بچوں کے خسرہ نکلی تھی اس لئے تینوں کو گھر پر ہی چھوڑ گئی تھیں۔ ان عزیزہ کا گھر کافی فاصلہ پر تھا۔ آنے جانے میں تین چار گھنٹے تو لگ ہی جاتے ہیں ——— میرے لئے تینوں بچوں کی اتنی دیر تک دیکھ بھال کرنے کا یہ پہلا تجربہ تھا۔ اس لئے شروع میں تو گھبرایا تھا کچھ الجھا بھی تھا لیکن اب ایسا لگ رہا تھا کہ میری پریشانی بلا سبب تھی۔ ویسے بھی اب بیوی کو گئے ہوئے تقریباً تین گھنٹے ہو چکے تھے اور اب وہ واپس آتی ہی ہوں گی۔

یہ سوچ کر میں نے پلنگ پر دراز ہو کر اخبار پڑھنا شروع کر دیا۔ ابھی میں بمشکل دو تین خبریں ہی پڑھ سکا تھا کہ سیف میاں روتے ہوئے آئے

"ابو گڑیا آپا بڑی خراب ہیں۔ اپنی گڑیا کو تو دو دو پیالی چائے پلائی ہیں اور میں نے کہا کہ ہمارے گڈے کو بھی ایک پیالی اور —— تو بولیں جانتے ہو شکر کتنی مہنگی ہے۔ آپ تو کل کہہ رہے تھے کہ شکر سستی ہو گئی ہے۔

میں ہنسی بڑی مشکل سے روک سکا۔ پھر میں نے فوزیہ کو آواز دی۔

"فوزیہ"

"جی ابو"

"سنو"

"آئی" کہتی ہوئی وہ آ براجی۔

"کیوں جی تم سیف کے گڈے کے لیے چائے کی دوسری پیالی کیوں نہیں بنا دیتیں"

"ابو آپ جانتے ہیں۔ یہ بڑے حضرت ہیں۔ پہلے بولے ہمارا گڈا بسکٹ اور ککڑی زیادہ کھائے گا۔ اسے بھوک لگی ہے۔ تم اپنی گڑیا کو دو پیالی چائے پلا دینا۔ میں نے بسکٹ اور ککڑی کا ایک ایک ٹکڑا اپنی گڑیا کو دیا اور باقی سب ان کے گڈے کو دے دیا۔ اب چائے بھی دوسری پیالی مانگ رہے ہیں۔

"لیکن گڈے گڑیا تو کچھ کھائے نہیں۔ (وہ بسکٹ اور ککڑی ہوئے کیا" میں نے پوچھا۔

"ہوئے کیا —— خود کھا گئے" فوزیہ بولی۔

"اور تم نے نہیں دوسری پیالی چائے پی لی۔ اور بسکٹ اور ککڑی بھی تو کھائی تھی تم نے ——"

سیف روہانسے ہو گئے۔

اسی لمحہ شگوفہ ایک ہاتھ میں کھلونے والی طشتری پیالی اور دوسرے میں بسکٹ اور ککڑی کے دو چھوٹے چھوٹے ٹکڑے لیے کمرہ میں داخل ہوئی۔ وہ اس طرح سنبھل سنبھل کر چل رہی تھی کہ اگر ذرا بھی تیزی سے چلی تو پیالی سے چائے چھلک جائے گی۔

"ابو یہ آپ کا حصّہ ہے"۔ اس نے کہا اور دھیرے سے پیالی اور طشتری تخت پر رکھ کر چھوٹے سے ن کے چمچہ سے پیالی میں جو بالکل خالی تھی شکر چلانے لگی۔

"بھئی اس میں چائے تو ہے ہی نہیں" مَیں نے کہا۔

"جھوٹ موٹ" کہہ کر اس نے پیالی میرے مُنھ سے لگادی۔

"بڑے مزے کی ہے"۔ مَیں نے کہا تو فوزیہ بھی مُسکرادی لیکن مجھے اپنی طرف دیکھتے ہوئے دیکھ کر اس نے مُنھ دوسری طرف کر لیا۔ سیف اب بھی رو بانسے تھے۔

اصل میں یہ لوگ صبح سے کھیلتے کھیلتے تھک چکے تھے۔ آخر کھیلنے کی بھی ایک حد ہوتی ہے اسکولوں میں گرمیوں کی چھٹیاں شروع ہوئے پندرہ بیس دن ہو چکے تھے۔ شروع میں تو ان لوگوں نے چھٹیوں کے خوب مزے لیے۔ رنگ برنگی تصویروں کی ہندی اُردو اور انگریزی کی جو بہت سی کتابیں مَیں نے منگا کر رکھی تھیں انھیں دو نہیں چار چار بار پڑھ ڈالا۔ پھر کئی دن بغیر لڑے جھگڑے کھیلتے رہے۔ اب کئی دن سے ہر روز پُوچھا جارہا تھا اسکول کُھلنے میں کتنے دن باقی ہیں اور ہر کھیل کا خاتمہ بھی لڑائی پر ہونے لگا تھا۔

ایک دم مجھے خیال آیا کہ ملحقہ مکان کی بچی نازو بہت دنوں سے نظر نہیں آئی اور یہ لوگ بھی اس کے یہاں نہیں گئے۔ مَیں نے کہا۔

"اب تم لوگ نازو کے ساتھ نہیں کھیلتے"۔

"جب سے جھگڑا ہوا ہے ان کی دادی آنے ہی نہیں دیتیں ہمارے یہاں" فوزیہ نے کہا۔

"تو تم لوگ چلے جایا کرو"۔

"امّی نے منع کر دیا ہے"۔

خالی چرخی ہاتھ میں تھی اور پتنگ آسمان پر ـــــــ میری سمجھ میں کچھ بھی نہ آیا تو مَیں نے کہا "اچھا اب تم لوگ سو جاؤ۔

"امّی کب آئیں گی۔ شگوفہ نے پُوچھا۔

"اب آتی ہی ہوں گی"۔ مَیں نے تسلّی دی۔

"جب امی آجائیں گی تب سوئیں گے مزے سے۔"

"نہیں" میں نے "نہیں کی" "ی" کو ذرا کھینچ کر مصنوعی غصہ سے کہا "بس اب لیٹ جاؤ۔ لُو چلنے لگی ہے۔اب دالان میں کوئی نہیں کھیلے گا۔"

میرے بدلے ہوئے تیور دیکھ کر تینوں بچے لیٹ گئے۔ فوزیہ اور سیف تخت پر اور شگوفہ میرے پاس مسہری پر۔

"آنکھیں بند" میں نے کہا تینوں بچوں نے آنکھیں بند کرلیں اور میں پھر اخبار پڑھنے لگا۔

تھوڑی دیر بعد کھسر پھسر کی آواز سُن کر میں نے اخبار آنکھوں کے سامنے سے ہٹایا تو فوزیہ اور سیف شرارت بھری نظروں سے میری طرف دیکھ رہے تھے۔

"سو جاؤ ——" میں نے ذرا سختی سے کہا۔

دونوں نے خوب کَس کے آنکھیں بند کرلیں۔ لیکن شریر مسکراہٹ ان کے چہروں پر اب بھی کھیل رہی تھی۔ میں پھر اخبار پڑھنے لگا اور نہ جانے کب میری آنکھ لگ گئی۔

تھوڑی دیر بعد میری آنکھ کھُلی تو تخت خالی تھا۔مسہری پر شگوفہ بھی نہ تھی۔ میں کچھ دیر تک اسی طرح بستر پر لیٹا رہا۔شاید اس انتظار میں کہ کسی کی آواز سُنائی دے تو بُلاؤں۔ لیکن نہ کسی بچے کی آواز سُنائی دی نہ یہ اندازہ ہی ہوا کہ وہ کہاں ہیں۔

میں دھیرے دھیرے بستر سے اُٹھا۔ سامنے والا دالان خالی پڑا تھا۔اگرچہ کھلونے صوفہ سیٹ سب اسی طرح سجے تھے۔اب مجھے تشویش ہوئی لیکن صدر دروازہ اندر سے بند دیکھ کر میری تشویش کچھ کم ہوگئی۔ دوسرے کمرہ کا دروازہ بند تھا۔ میں نے دراز سے جھانکا تینوں بچے کمرہ میں موجود تھے۔

شگوفہ فرش پر دراز تھی۔ اس کا کُرتا اُوپر تک اٹھا تھا اور پیٹ پر پٹی بندھی تھی۔ جس میں سے خُون کی چھینٹیں جھانک رہی تھیں۔ لیکن پاس والی میز پر لال روشنائی کی دوات اُلٹی پڑی اور سارا میز پوش رنگ سے تربتر دیکھ کر میری گھبراہٹ دُور ہوگئی لیکن معاملہ کیا ہے میری سمجھ میں نہ آیا۔شگوفہ کے پاس ہی ترکاری کاٹنے والی چھری ایک پھٹے سے کپڑے پر رکھی ہوئی تھی۔ کپڑا جگہ جگہ سے سُرخ

ہو گیا تھا۔ سیف لکڑی کی ایک کھپنچی جس کے ایک سرے پر کپڑا لپٹا ہوا تھا۔ ہاتھ میں پکڑے کھڑا تھا۔ اور فوزیہ سے کہہ رہا تھا۔

"مٹی کا تیل تو اسٹوو میں ہے اور اسٹوو مل ہی نہیں رہا ہے۔"

"وہیں ہوگا ـــــ کچن میں الماری کے نیچے دیکھو۔"

"اچھا کہہ کر سیف نے دروازہ کھولا تو مجھے دیکھ کر مُسکرایا اور پھر فوراً ہی کمرہ میں لوٹ گیا میں بھی کمرہ میں داخل ہو گیا۔ مجھے دیکھ کر شگوفہ فرش پر سے اُٹھ کھڑی ہوئی۔

"یہ کیا ہو رہا ہے۔" مَیں نے پُوچھا۔

فوزیہ نے مُیری طرف دیکھا اور پلک جھپکائے بغیر بولی۔

"ہم لوگ شیعہ سُنی لڑائی کا کھیل کھیل رہے ہیں۔"

ذکیہ مشہدی

چُرایا ہوا سُکھ

ہمیشہ کی طرح آج بھی اجیت نے سونے سے پہلے کافی کا پیالہ ختم کیا، پھر دو تین سگریٹ پھونکے لیکن ہمیشہ کی طرح اس نے امیتا کے گرد بازوؤں کا حلقہ نہیں بنایا۔ بہت دیر تک وہ چھت کی طرف یونہی بے مقصد دیکھتا رہا۔ انتظار کرتے کرتے جب امیتا کے صبر کا پیمانہ لبریز ہوگیا تو وہ خود ہی قریب آگئی اور اجیت کی چوڑی چھاتی پر بالوں کا آبشار بکھر گیا۔ اجیت کو نتھنوں میں چبھن کا احساس ہوا۔ خوں خواں کرتے ہوئے اس نے بال پیچھے ہٹائے مگر امیتا کسی ضدی بچّے کی طرح اس سے چمٹی رہی۔

"اجیت ڈارلنگ، جب تک میں تمہارے بہت قریب نہ آجاؤں مجھے نیند نہیں آتی۔"

"یہ بال تو پیچھے کرو۔ ناک میں گھُسے آتے ہیں۔" اجیت کچھ جھنجلا کر بولا۔ "آخر تم بال باندھ کر کیوں نہیں سوتی ہو؟"

اسے مسز کھنہ کے بغیر مانگ کے اونچے بنے ہوئے بالوں کی کس کر گوندھی ہوئی چوٹی یاد آگئی۔ ایک دن جب وہ گئی رات ان کے یہاں ٹسٹ میچ کا اسکور پوچھنے گیا تھا تو مسز کھنہ سونے کی تیاری کر رہی تھیں۔ اونچے بالوں اور سخت گوندھی ہوئی چوٹی میں ان کا بیضوی چہرہ اور تیکھے نقوش زیادہ واضح ہو اُٹھے تھے۔ بڑی چوڑی سی مسکراہٹ اجیت کے ہونٹوں پر پھیل گئی۔

امیتا کی آنکھیں حیرت سے پھیل گئیں۔ آج یہ نئی بات کیا۔ اجیت ہی تو کہتا تھا کہ اسے امیتا کے گھنے

بال کھلے ہوئے ہی اچھے لگتے ہیں پھر دن میں ان سے کھیلنے کا موقع ملتا بھی کہاں تھا۔ وہ رات کو اپنا سَر اس کی چوڑی چھاتی پر ٹکاتی تو اجیت کی اُنگلیاں دیر تک اس کے بالوں میں اُلجھی رہتیں۔

"تمھیں نے تو کہا تھا۔" وہ دھیرے سے بولی" کہ رات کو بال کھلے رکھا کرو۔"

"مَیں نے؟ میں نے کب کہا تھا؟" اجیت صاف مُکر گیا۔

"تمھاری طبیعت کچھ خراب ہے کیا؟ متفکر ہو؟" امیتا نے ہولے سے سر اس کے سینے سے ہٹا لیا۔ بالوں کو سمیٹتے ہوئے اس نے پہلے اجیت کے ماتھے پر ہاتھ رکھا پھر نرم نرم ہونٹ ٹکا دیئے۔ اجیت کی جھنجلاہٹ غصّے میں تبدیل ہونے لگی مگر وہ خاموش رہا۔ یہ عورت کی ذات اگر شک میں مبتلا ہو جائے تو اس کی سانسوں تک میں زہر گھل جائے گا۔ کالے ناگ کی طرح فوں فوں کرتی، زہر اُگلتی ناچتی پھرے گی۔ کب کس کو ڈس لے۔

امیتا کی انگلیاں اس کے بالوں میں گھوم رہی تھیں۔ لانبی لانبی نرم انگلیاں۔ اسے میٹھی سی خنکی کا احساس ہوا۔ نیند دھیرے دھیرے اس پر غلبہ پا رہی تھی۔ کبھی آنکھیں کھُلتیں، کبھی بند ہوتیں، نیند کی آتی جاتی ترنگوں پر مسز کھنہ کا چہرہ کبھی اوپر آتا کبھی نیچے جاتا۔ امیتا کیسی اچھی ہے، موڈ پہچانتی ہے۔ اجیت کو متفکر دیکھا تو خاموشی سے ہٹ گئی۔ ہوگا کوئی آفس کا مسئلہ۔ زیادہ سے زیادہ اس نے یہی سوچا ہوگا۔ اجیت کے مَن میں سویا ہوا پیار پل کے پل جاگا۔ جب سے اس کے مکان کے اوپر والے حصّے میں مسز کھنہ آن کر رہی تھیں، یہی ہو رہا تھا۔ امیتا کے لیے کبھی اس کا دل جھنجلاہٹ سے بھر اُٹھتا، کبھی غصّے سے اور کبھی پیار سے۔ اس کی سمجھ میں نہیں آ رہا تھا کہ وہ اپنے ان احساسات کو کس خانے میں رکھے۔

بڑی مشکل سے وہ اپنے خوبصورت دو منزلہ مکان کی اوپری منزل سے اس موٹے اَن کلچرڈ کرایہ دار کو ہٹا پایا تھا۔ سارے ڈرائنگ روم میں کیلیں ٹھونک ٹھونک کر لال پیلے کلنڈر لٹکا رکھے تھے۔ اوپر سے کبھی کدو کے چھلکوں کی بارش ہوتی، کبھی شہتوت کے بیجوں کی، کبھی "صرف" راکھ کی۔ بدتمیز بچّے لان پر کھلے ہوئے گلاب توڑ لے جاتے۔ نوکر سلیقے سے تراشی ہوئی گھاس پر ان کے دو مہینے کے ننھے سے بچّے کے پوتڑے پھیلا جاتا۔ "اوپر دھوپ نہیں آتی جی۔" وہ دانت نکوس کر کہتا۔ سیٹھ کی بیوی امیتا کے ہاتھ کی بنائی ہوئی کوئی چیز

نہیں کھاتی تھی۔ تم مانس بھی کھاتی ہو، ہم ٹھہرے ساؤک بھوجن والے۔ وہ ناک چڑھا کر کہتی اور اجیت غصے سے لال پیلا ہو جاتا۔ بڑی مشکلوں سے جان چھوٹی۔ سرن کے توسط سے نئے کرائے دار آئے تو اجیت کو لگا کرائے دار نہیں آئے۔ ڈرائنگ روم کے لیے ڈیکوریشن پیس خریدا گیا۔ کھنہ صاحب تو اسمارٹ تھے ہی، ان کی بیوی کا بھی جواب نہ تھا۔ واہ، واہ، واہ! گوری بھی بہت عورتیں ہوتی ہیں، لانبی بھی بہت سی ہوتی ہیں، تیکھی سی چھوٹی سی ناک بھی بہت سی عورتوں کی ہوتی ہے مگر ان تمام چیزوں کا صحیح مقدار میں امتزاج اور اس امتزاج کا صحیح استعمال شاید سب میں نہیں ہوتا۔ جیسے قورمے کی بنیادی ترکیب تو ایک ہی ہوتی ہے، کچھ مرچیں، کچھ گرم مسالہ، کچھ دہی، کچھ پیاز، نرم ملائم گوشت۔ لیکن ان کا صحیح امتزاج کچھ ہی لوگوں کو آتا ہے۔ ورنہ ہر باورچی کے پکائے ہوئے سالن کے ذائقے میں فرق کیوں ہو جاتا ہے۔ اجیت کا جی چاہتا ذرا اس ہانڈی کو بھی سونگھ کر دیکھے۔

بلائے جاں ہے غالب اس کی ہر بات۔ بس آج کل اجیت کے ذہن میں یہ مصرعہ یوں ہی گونجتا رہتا تھا جیسے کسی پرانے ریکارڈ پر سوئی اٹک جائے۔ بلائے جاں ہے غالب، بلائے جاں ہے غالب۔ نیند سے بوجھل آواز میں وہ غیر شعوری طور پر پھر بھی گنگنانے لگا۔ دھت تیری کی —— امیتا سوچے گی کہ ابھی تو جھنجھلا رہے تھے، اب غالب کا شعر پڑھنے لگے۔ پھر کان کھانا شروع کر دے گی۔ ہے بھگوان تو نے عورت کیوں بنائی۔ اس نے آنکھوں کے کونوں سے چور انداز میں جھانک کر دیکھا، امیتا تقریباً سو چکی تھی۔ اس نے شکر ادا کیا۔ اچھا ہے سو گئی۔ اب کم از کم جاگتی آنکھوں کے خوابوں پر پہرہ تو نہیں بٹھائے گی۔

مسز کھنہ کی ناک میں پڑی ہوئی ہیرے کی جگر جگر کرتی لونگ پھر اندھیرے میں کوندنے لگی۔ اجیت آج کل کچھ زیادہ ہی کنفیوزڈ ہو رہا تھا۔ کل کی بات —— امیتا نے کہا تھا:

"اجیت ڈارلنگ! ذرا مسز کھنہ سے ان کا کافی پرکولیٹر تو مانگ لاؤ، میں نہانے جا رہی ہوں۔" اس کے ہاتھ میں پکڑی ہوئی چھوٹی سی پلاسٹک کی ٹرے پر نہ جانے کیا کیا ڈھیر تھا، کریم کی شیشیاں، شیمپو، نیل فائل، کلینزنگ ملک، ابلتے ہوئے پانی کا جگ ... ...

تو امیتا تفصیل سے نہانے جا رہی ہے —— ایک گھنٹے کی چھٹی —— مارے خوشی کے

اجیت نے اس کے گال پر چٹکی بھری اور ایک ایک قدم میں دو دو سیڑھیاں پھلانگتا اوپر پہنچا۔ دیوان پر دراز مسز کھنہ فلم فیر کی ورق گردانی کر رہی تھیں اور اپنے سجے سجائے ڈرائنگ روم کا ایک حصّہ ہی معلوم ہو رہی تھیں۔

"ہائی ——" انھوں نے اپنے موتی جیسے دانت چمکا کر کہا۔

"مسز کھنہ وہ بات یہ ہے کہ امیتا کو... ..."

انھوں نے بات کاٹ دی۔" دیکھئے ہم لوگوں کو ایک دوسرے کو جانتے ہوئے چھ مہینے سے زیادہ ہو گئے ہیں اور آپ ابھی تک اس قدر تکلف برتتے ہیں۔ میرا نام شیلا ہے۔"

"بات یہ ہے ... ..." اجیت ان کا نام لیتے ہوئے ہکلا گیا۔

"بات وات کچھ نہیں۔ شیلا کہئے تب ہی سنوں گی۔"

"اچھا تو شیلا جی۔" اجیت کی سمجھ میں نہ آیا کہ اس اُبلتے احساس کو کیا نام دے۔ خون کنپٹیوں پر ٹھوکریں مار رہا تھا —— "شیلا جی! میں اس لیے آیا تھا کہ امیتا کو آپ کا کافی پر کولیٹر چاہئے تھا!"

"ضرور —— وہ تو میں دے ہی دوں گی مگر آپ پہلے یہاں ہی جو کافی پی لیں —— ؟" اور انھوں نے نوکر کو آواز دی۔

اجیت سنبھل کر بیٹھ گیا پھر گپیں چلیں تو چلیں۔ ساتھ بیٹھنے کے مواقع تو بہت آتے تھے مگر ایک طرف تو کھنہ جی ہوتے تھے دوسری طرف امیتا۔ یہ موقع شاید اپنی نوعیت کا دوسرا ہی تھا۔ تنہائی کا دوسرا موقع آیا تھا تو تکلف کی دیوار خاصی موٹی تھی۔ اس مرتبہ اس میں رخنے پڑتے دکھائی دے رہے تھے۔ شاید اگلی بار ایسا موقع آئے تو کچھ اور رخنے پڑیں اور پھر شائد بیٹھ ہی جائے۔ ہوں —— بلّی کے خواب میں چھیچھڑے —— چھی چھی —— میں یہ کیا سوچ رہا ہوں۔ امیتا جیسی بیوی کے ہوتے ہوئے —— اجیت نے اپنے اوپر لعنت بھیجنی چاہی تھی کہ ان کا نوکر کافی لے کر آ گیا۔ بھلا مسز کھنہ کو خود اُٹھ کر پیالہ بڑھانے کی کیا ضرورت تھی۔ وہ قریب آ کر جھکیں تو ان کے گہرے کٹے ہوئے بلاؤز کا گریبان کچھ اور نیچا ہو گیا اور بڑی مدھم بڑی پیاری سی خوشبو اجیت کی ناک سے ٹکرا کر اس کے حواسوں پر سوار ہو گئی اور اس وقت تک سوار رہی جب تک امیتا نے نیچے سے ہانک نہیں لگائی۔

"میں نے کہا میں نے تو صرف پرکولیٹر منگایا تھا' تم خود کافی بنانے بیٹھ گئے کیا؟"

امیتا کے لہجے میں فطری خوش مزاجی سے پیدا ہونے والی شوخی تھی مگر اجیت کے دل میں چھپے چور نے اس کو گھور کر دیکھا۔ یہ خوش مزاجی سچی ہے یا جھوٹی۔ جملہ کھرا ہے یا طنز میں ڈوبا ہوا۔ اس کا ذہن ترازو لے کر امیتا کو تولنے لگا۔ وہ پرکولیٹر لے کر کچن میں گھس گئی۔

"سنو میتو! مسز کھنہ پوچھ رہی تھیں کہ آپ کی مسز نے انٹیریر ڈیکوریشن میں کوئی ڈپلومہ لیا ہے کیا۔ آپ کا گھر بے حد سلیقے سے سجایا ہوا ہوتا ہے؟"

امیتا کا مسرور چہرہ کچن سے جھانکا۔ اجیت نے اطمینان کا سانس لیا۔ بھگوان تیرا شکر ہے۔ عورت بنائی تھی سو بنائی تھی لیکن اگر اسے عقل بھی دے دی ہوتی تو مجھ جیسے مردوں کو تو مر جانے کے علاوہ کوئی چارہ نہ رہتا۔ اطمینان کا سانس لیتا ہوا وہ تولیہ اُٹھا کر غسل خانے میں گھس گیا۔ جسم پر صابن رگڑتے ہوئے وہ سوچ رہا تھا کہ مسز کھنہ کی بے تکلفی کو کس خانے میں فٹ کرے۔ محض خوش مزاجی' صاف دلی یا کہیں کہیں ان کے دل میں بھی نرم گوشے جاگ رہے ہیں۔ اجیت کے دل میں انار چھوٹنے لگے۔ صابن رگڑ رگڑ کر اس نے آدھا کر دیا۔ وہ تو شاید پورا ہی گھس دیتا اگر امیتا کافی تیار ہو جانے کی اطلاع نہ دیتی۔

قسمت آزمانے میں کیا حرج ہے۔ اجیت نے نرمی سے سوئی ہوئی امیتا کے بازو گلے سے ہٹاتے ہوئے سوچا۔ دیکھیں گے اس ہانڈی کا قورمہ کیسا ہے۔ وہ اپنی باریک تراشی ہوئی مونچھوں میں مسکرایا۔

صبح اجیت کی آنکھ کھلی تو امیتا چائے کی ٹرے لیے دروازے پر کھڑی ہوئی تھی۔ بستر کے پاس تپائی رکھ کر اس نے چائے رکھی اور نازک سنہری پیالیوں میں چائے ڈالنے لگی۔ اجیت کا ڈریسنگ گاؤن اس کے سرہانے ٹنگا ہوا تھا۔ سلیپر مسہری کے نیچے موجود تھے۔ امیتا کے چہرے پر بڑی میٹھی سی مسکراہٹ تھی۔ رات کی تلخ گفتگو وہ یکسر بھول چکی تھی۔ اس کے تازے شیمپو کیے ہوئے بالوں سے ہلکی ہلکی خوشبو آرہی تھی۔ اجیت نے پھر اپنے اوپر لعنت بھیجی۔ کیسی اچھی بیوی ہے۔ بھلا میں کہاں پرائی عورت کے چکر میں پڑ رہا ہوں۔ لیکن چائے پی کر نیند کا خمار اُترا تو حواسوں پر دس آٹھ انچ گہرے بلاؤز کا گلا ناچ گیا مسز کھنہ اپنی تمام تر حشر سامانیوں کے ساتھ لان پر کھڑی تھیں۔

"میں نے کہا اجیت جی! شام کو فرصت ہو تو چائے اوپر ہی پی لیجیے گا۔ کھنہ صاحب آج ٹور پر جا رہے ہیں، مجھے تنہا چائے پینا بالکل اچھا نہیں لگتا۔"

اجیت کو لگا کہ اس کے سر پر ایسا بم پھٹا جس میں رنگ برنگے تارے بھرے ہوئے تھے۔ وہ سارے تارے اب اس کی آنکھوں کے سامنے متحرک رہے تھے۔

"آپ آ رہے ہیں نا؟" مسز کھنہ نے سوال دُہرایا۔

"شام کو امیتا کی سہیلی کی شادی کی سال گرہ ہے، ہم دونوں وہاں مدعو ہیں۔" اجیت بڑی مری ہوئی آواز میں بولا۔

وہ اپنی نقرئی ہنسی ہنس کر بولیں :

"تو یہ تقریب تو امیتا جی کی سہیلی کی ہوئی۔ آپ کی سہیلی کی تو نہیں ——— آپ انھیں جانے دیجیے۔ ہم لوگ چائے پئیں گے۔"

اجیت بالکل ہی حواس باختہ ہو گیا۔ یہ سوا نیزے پر آیا ہوا آفتاب اس کے سر پر گر رہا ہے کیا۔ شام کو اجیت نے سر درد کا بہانہ کر لیا اور ثبوت کے طور پر وہ امیتا کو دکھا کر اے۔ پی۔ سی کی دو ٹکیاں اکٹھی کھا گیا۔

"میتو ڈارلنگ! تم چلی جاؤ۔ ان کی شادی کی پہلی سال گرہ ہے۔ تمہارا جانا بھی ضروری ہے۔ میں ذرا آرام چاہتا ہوں۔ کچھ temperature بھی معلوم ہو رہا ہے ——"

امیتا کا سادہ سا چہرہ فکر سے بھر اٹھا۔ دوپہر میں کیا کھایا تھا؟ آفس کینٹین سے کچھ الٹا سیدھا لے لیا ہو گا۔ میں نے جو چکن سینڈوچ دیے تھے وہ بدمعاش انور کھا گیا ہو گا۔ تم فوراً ڈاکٹر سکسینہ کو فون کر لو۔ تم بھلا کیا کرو گے، میں ہی کیے دیتی ہوں۔ زیادہ تکلیف ہو تو میں بھی نہیں جاؤں۔" وہ سب بہ عادت ایک ہی سانس میں بولتی چلی گئی۔

مارے غصّے کے اجیت کی مونچھیں پھڑپھڑانے لگیں۔ اس کا بس چلتا تو امیتا کی ایک ایک بوٹی علیحدہ کر دیتا۔ ناک الگ، کان الگ، آنکھیں الگ، بازو الگ اور سب کو بالکل علیحدہ علیحدہ دفن کرتا تاکہ وہ کبھی ایک جگہ ہو کر پھر امیتا کی شکل اختیار نہ کر سکیں۔

غصہ دباکر جلدی سے بولا :

" نہ نہ۔ تم ضرور جاؤ ڈارلنگ۔ میں صرف ہنگامے سے بچنا چاہتا ہوں۔ سر میں درد کوئی ایسی بڑی بات تو نہیں۔" پھر بائیں آنکھ دباکر بولا۔" ویسے رُکنا چاہو تو رک بھی سکتی ہو۔ ہم بھی آج اپنی شادی کی سالگرہ منالیں۔ بالکل دُلہن نظر آرہی ہو۔"

امیتا فکر بھول کر ہنسنے لگی :

" بدمعاش! اچھا آرام کرو۔" اور ایک ہوائی بوسہ پھینکتی ہوئی باہر نکل گئی۔

اس کے جاتے ہی اجیت نے کمبل پھینکا۔ آئینے میں اپنا جائزہ لیا اور حسبِ معمول ایک قدم میں دو دو سیڑھیاں پھلانگتا ہوا اوپر چڑھ گیا۔

ڈرائنگ روم میں سناٹا تھا۔ ڈرائنگ روم سے متصل بیڈروم سے مسز کھنہ کے گنگنانے کی آواز آرہی تھی :

" بالم آئے بسو مورے من میں۔"

اس نے پکارا" شیلا جی!"

" یس۔ کم اِن۔" کھنکتی ہوئی آواز میں جواب ملا۔

وہ جھجکا۔ ان کے بیڈروم میں کبھی داخل نہیں ہوا تھا۔

" آیئے بھئی کیا سوچ رہے ہیں؟" کھڑکی کا پردہ اُٹھا۔ مسز کھنہ کی ناک کی لونگ جگمگائی۔

اجیت اندر داخل ہوا۔ کمرے کی ہر چیز میاں بیوی کے نفیس ذوق اور آرام طلب مزاج کی غماز تھی۔ اس نے ایک نظر مسز کھنہ پر ڈالی۔ وہ بے نیازی سے بالوں میں برش پھرا رہی تھیں۔ تقریباً بیک لیس چولی سے ان کی سنہری کمر جھانک رہی تھی۔ اجیت پر پھر دہی دورہ پڑا۔ جی چاہا انھیں چھُو کر دیکھے۔ کچھ لوگ اصل نہیں معلوم ہوتے تخیل کا واہمہ محسوس ہوتے ہیں۔

" آپ کی خاطر میں نے امیتا کو تنہا ہی بھیج دیا۔" اجیت " آپ کی خاطر" پر زور دیتا ہوا بولا۔

" تھینک یو، اجیت جی! آپ بے حد اچھے انسان ہیں۔ بے حد اچھے۔ یقیناً آپ کی بیوی خوش قسمت

ہے جو اسے آپ جیسا شوہر ملا۔ ایک کھنہ جی ہیں، روز ٹور، رونڈ ٹور۔ پتہ نہیں یہ سارے ٹور آفیشل ہوتے بھی ہیں یا پردۂ زنگاری میں کسی معشوق کو چھپا رکھا ہے۔ اجیت کی تعریف کرتے ہوئے مسز کھنہ کی آواز میں طنز کا شائبہ بھی نہ تھا۔ بے حد اپنائیت تھی اور وہ بے حد قریب آ کر سیدھے اس کی آنکھوں میں جھانک رہی تھیں۔ اس کو اپنے چہرے پر ان کی سانسوں کے لمس کا احساس ہوا اور اس کے اندر خون شراب بن کر جھاگ دینے لگا۔

عورت اور مرد کے اس ازلی رشتے کا یہ کمزور لمحہ کب اور کیسے ان کے درمیان سرک آیا۔ اجیت کچھ سمجھ ہی نہیں سکا۔ جب مسز کھنہ کے بازو اس کے گلے سے علیحدہ ہوئے تو اسے محسوس ہوا کہ وہ ایک ہارا ہوا جواری ہے۔ مسز کھنہ کا کاجل پھیل گیا تھا۔ اڑے ہوئے پاؤڈر کے دھبے برص کے داغ لگ رہے تھے۔ لپ اسٹک ہونٹوں کے درمیانی حصے سے غائب ہو کر باچھوں میں بھر گئی تھی۔ ان کے چہرے پر وہی طمانیت تھی جو موٹا سا چوہا پا جانے والی بلی کے چہرے پر ہوتی ہے۔

بڑی حیرت سے آنکھیں پٹپٹا کر اجیت نے سوچا کہ یہ عورت اُسے اسقدر انوکھی، اچھوتی، آسمان سے اُتری مخلوق کیوں معلوم ہوئی تھی۔ یہ عورت جو کسی بھی عام عورت سے الگ نہیں ہے کیا یہ چرایا ہوا سُکھ امیتا سے ملنے والے سُکھ سے کچھ الگ تھا؟ حساب لگایا تو سارے جمع، ضرب، تقسیم کا جواب ایک ہی آیا۔ پھر بھلا چھ مہینوں سے اس نے اپنی نیندیں کیوں حرام کر رکھی تھیں؟ محض بند لفافے کو کھولنے کے لیے؟ ایک بیمار سے تجسس کی تسکین کے لیے؟ یا اس لیے کہ وہ ایک ناقابلِ حصول شئے معلوم ہوتی تھی اور اجیت کے لیے ایک چیلنج! اسے امیتا یاد آئی جواب آتی ہی ہو گی۔ ایک سیدھی سادی معصوم سی گھریلو بیوی جسے وہ پچھلے چھ مہینوں سے ٹھگتا آ رہا تھا۔ وہ آہستہ سے اُٹھا اور ان کے ڈریسنگ گاؤن ان پر ڈالتا ہوا نظریں چار کیے بغیر کمرے سے نکل گیا۔

پارٹی سے لوٹ کر رات کو جب امیتا میک اپ اُتارنے کے بعد اپنے بالوں کو کس کر چوٹی میں گوندھ رہی تھی تو اجیت نے اپنا چہرہ اس کے شانوں میں ڈبوتے ہوئے کہا:

"میتا! ان بالوں کو کھلا ہی رہنے دو۔"

یہ ایسے ہی اچھے لگتے ہیں۔ پھر دن میں ان سے کھیلنے کا موقع ملتا بھی کہاں ہے؟

احمد یوسف

صد ہزار قصّے

دفتر کے لیے خاصا دوڑتا بھاگتا نکلا تھا۔ سڑک پر بھی میری رفتار کافی تیز تھی، لیکن میدان میں پہنچ کر میں سُست رفتار ہوگیا۔ ہر روز یہی ہوتا ہے۔

دراصل میدان میں قدم رکھتے ہی دفتر دکھائی دینے لگتا ہے اور میں سوچتا ہوں کہ بس ایک ہی جست میں دفتر کے اندر ہوں گا، ابھی تو پورے پانچ منٹ باقی ہیں۔

میں آہستہ آہستہ میدان کی روش پر چل رہا تھا۔ ایسے وقتوں میں میں سوچتا ہوں، دفتر میری نگاہوں کے دائرے میں ہے، اور وقت میری گرفت میں ہے ـــــ مکمّل اطمینان اور آسودگی کا احساس ـــــ جب کبھی ان لمحوں کا سامنا ہو تو آدمی بڑا فلسفی ہو جاتا ہے اور بہت کچھ سوچنے لگتا ہے۔

کنارے کھڑے درختوں کی چھاؤں ـــــ اُن سے پرے جا بجا بچھی ہوئی بنچیں کہ جن کے نیچے مُونگ پھلی کے چھلکوں اور چاٹ کے پتّوں کا ڈھیر ہے ـــــ قریب ہی پھُولوں کی کیاریاں ـــــ اس دُنیا کی اندرونی پرت تو سُست رفتار خیالوں کے قبضے میں رہی ہے۔

دھیرے دھیرے قدم آگے بڑھ رہے تھے۔ گھر کے قصّے، دفتر کے، دوستوں کے اور پھر اسی دُنیا کے ـــــ

تب ہی اچانک میری نظر روپے کے ایک سکے پر پڑی' جو روِش کے کنارے میدان میں پڑا تھا۔ مَیں نے اردگرد کا جائزہ لیا کہ وہاں کوئی ہے تو نہیں۔ پتہ چلا کہ اگر نزدیک و دور کچھ لوگ ہیں بھی تو وہ اس دلفریب منظر سے قطعی بے تعلق سے ہیں۔ یہ سوچ کر مَیں نے چُپکے سے اس چمکتے ہوئے شاہزادے کو اپنی جیب میں بسا لیا۔

لیکن پھر ایک رَو آئی وہ لوگ جو مجھ سے دُور تھے اور وہ لوگ جو مجھ سے قریب تھے' بظاہر تو اس چمکتی شے سے بے پروا تھے' مگر کیا پتہ ان میں سے کوئی مجھے دیکھ رہا ہو' اور یوں وہ اس ایک روپے کے سکے میں میرا حصہ دار بن جائے۔ سو عافیت اسی میں ہے کہ کچھ آگے چل کر اس رُخِ روشن کی زیارت کی جائے۔

چند قدم آگے چل کر مَیں نے گھڑی دیکھی۔ دفتر کو تین منٹ اور تھے ـــــ ابھی وقت ہے۔

یہ سوچ کر مَیں نے جیب سے وہ روپیہ نکالا اور وہیں کنارے کی بنچ پر بیٹھ گیا مَیں نے غور سے دیکھا تو اس کی چمک کم ہوتی دکھائی دی' وہ خاصا بھدا بھی تھا۔ اور جب میں نے اسے سیمنٹ کی بنچ پر سجایا تو وہ چاروں ہاتھ پاؤں سمیٹ کر دھپ سے وہیں بیٹھ گیا۔" خدا کے لیے مجھے نہ چھیڑو۔"

مجھے کچھ شبہہ ہوا۔ کچھ تو ناچتا گاتا' تالیاں بجا کر شور مچاتا۔ یہ تو بس ایک کریہہ آواز نکال کر بیٹھ گیا۔

گھڑی کہہ رہی تھی ـــــ صرف ڈیڑھ منٹ اور ـــــ غور و فکر کا یہ دفتر بھی دفتر ہی میں کھولنا۔

دفتر پہنچ کر مَیں نے اپنی جیب کی تلاشی لی تو معلوم ہوا کہ روپے کے اس سکے کے علاوہ جیب میں ایک روپے کے دو ایک نوٹ اور کچھ ریزگاری پڑی تھی۔ ایک روپے کا کوئی دوسرا سکہ میرے پاس تھا ہی نہیں کہ مَیں اس سِتے سکے سے اس کی صورت ملاؤں۔ تب ہی مَیں نے سنگھ' پرشاد' ورما' نبی اور احمد سے دریافت کیا کہ کیا ان کے پاس کوئی ایک روپے کا سکّہ ہے۔

آخر شرما کے پاس ایک روپے کا سکّہ مل گیا۔ مَیں نے ہر طور پر اس سکے کو شرما کے سکے سے ملایا' لیکن اس میں شرما کے سکے جیسی تڑپ' چمک دمک اور گھن گرج نہیں تھی۔

میرے دل نے سوال کیا' یہ سکّہ آخر ہے کیا؟

دوستوں نے کہا" کسی نہ کسی طرح تو چل ہی جائے گا۔"

کسی نے پھنسایا تھیں؟

"کہیں بھیڑ بھاڑ میں چلا دینا۔ سینما کا ٹکٹ کاؤنٹر بہتر ہوگا یا پھر بس میں بھی چل سکتا ہے۔"

گویا اس میں خود چلنے کی طاقت نہ تھی، وہ دھکے دے کر چلایا جائے گا۔

کماسا پنڈ کمار جنرل اسٹور سے اگر کپڑے دھونے والے صابن کی ایک بٹی لی جائے تو اس سکے کے ساتھ دس پیسے اور دینے ہوں گے۔ لیکن اگر یہ سکہ پہچان لیا گیا تو پھر مجھے نوٹ دینا ہوگا۔ اور صابن کی ایک نئی بٹی میں پرسوں ہی خرید چکا ہوں۔ اگر یہ سکہ چل جائے تو ایک فاضل بٹی میں کوئی حرج نہیں لیکن اگر نہ چلا تو؟ ـــــ یوں بھی آپ کے پاس صابن کی ایک بٹی کے رہتے ہوئے دوسری آجائے، تو آپ پہلی کے استعمال میں وہ احتیاط نہیں برتتے، جو دوسری کے نہیں ہونے پر برتتے ہیں۔

دراصل ہم لوگ ایک چھوٹے سے دائرے کے لوگ ہیں۔ ساری زندگی ہم ایک ہی فن کی مشق کرتے رہتے ہیں کہ ہمارے قدم اس دائرے سے باہر نہ نکلیں۔

لیکن میری جیب میں جو دو ایک نوٹ پڑے تھے، ان کی طاقت پر وہ سکہ چل سکتا تھا، یعنی یہ کہ مجھے اس بات کا اطمینان تھا کہ اگر وہ نہ چلا تو پھر میں نوٹ بڑھا دوں گا۔

کسی فائدے کے لیے کچھ نہ کچھ خطرہ تو مول لینا ہی پڑتا ہے۔

سینما کا ایک روپے پندرہ پیسے والا کاؤنٹر، جو ایک معروف ترین کاؤنٹر ہوتا ہے اور جس کے آگے ایک دُور تک بَل کھاتی ہوئی قطار ہوتی ہے، اور وہ اسے تیزی سے چھوٹا کرتا جاتا ہے ـــــ اس پر تو یہ سکہ چل جائے گا۔

لیکن اس کاؤنٹر پر دو افراد ہوتے ہیں۔ ایک نوٹ لیتا ہے اور دُوسرا نوٹوں اور سکوں کی جانچ پڑتال کرتا جاتا ہے۔ اگر اسی نے میرا سکہ بجا کر دیکھ لیا تو پھر کیا ہوگا؟ ـــــ پھر وہی میرا نوٹ کام آئے گا۔

تب ہی ساری پکچریں میرے سامنے آگئیں کہ جن کے متعلق میں نے تبصرے پڑھے تھے اور جن کے متعلق میں نے دوستوں سے بہت کچھ سن رکھا تھا۔ کچھ پکچروں میں گھوڑے دوڑتے تھے، کچھ میں کاریں دوڑتی تھیں اور کچھ میں آدمی دوڑتے تھے۔ بھاگ دوڑ سے بھاگ کر جاؤ بھی تو وہی بھاگ دوڑ ـــــ"

یہ صحیح ہے کہ اگر یہ سکہ چل جائے تو یہ بھاگ دوڑ بھی گوارا، ورنہ میرا نوٹ ہر حال میں قیمتی ہے۔"

"چاٹ ہاؤس" میں بڑی بھیڑ ہوتی ہے، وہاں یہ سکہ چل سکتا ہے، لیکن اگر نہ چلا تو اتنی مہنگی چاٹ پیٹ میں پہنچ کر فتنہ بپا کر دے گی۔ فٹ پاتھ پر خوانچے والے سے چاٹ لو تو ایک روپے میں خاصی ہو جاتی ہے مگر چاٹ ہاؤس میں تو۔۔۔۔۔"

ایک روپے کا سکہ میری جیب میں پڑا تھا۔ میز پر فائلیں بکھری پڑی تھیں، اور سامنے ایک سوالیہ نشان دیر سے کھڑا بسور رہا تھا ـــــ "کیا کیا جائے اِس سکے کا؟"

کسی اسٹور میں چلانے جاؤ، تو پہچان لینے پر وہ ایک استہزائیہ مسکراہٹ کے ساتھ کہے گا ـــ

"بابوجی ذرا اِسے بدل دیجیے۔"

لیکن اس کی مسکراہٹ کتنے ہی قہقہوں کو اپنے دامن میں چھپائے بیٹھی ہو گی۔

"بابوجی یہ سب ہم سے ہی کرنا تھا"

بابو آپ بھی ویسے ہی نکلے۔"

پھر "یہ سب" کے بھی کتنے ہی رُخ تھے اور "ویسے ہی" کے بھی سینکڑوں پہلو تھے۔

یہ سکہ تو مجھے کھلے بندوں ننگا کر دے گا۔

ویسے وہ یہ بھی تو سوچ سکتے ہیں کہ مَیں نے بھی کسی سے دھوکہ کھایا ہو گا، مگر لوگوں نے تو اب اس طور سے سوچنا ہی چھوڑ دیا ہے۔

اگر میری اُنگلی کٹ جانے سے چند قطرے خون کے میرے دامن پر گر جاتے ہیں تو لوگ یہی سمجھیں گے کہ مَیں نے کسی پر چاقو چلایا ہو گا، تب ہی میری اُنگلی بھی زخمی ہوئی اور دامن پر خون کے دھبّے بھی پڑے۔

ہر شخص یہی سمجھے گا کہ خود مَیں نے یہ سکہ ڈھالا ہے۔

یہ سوچ کر میرے دل میں خوف کی ایک لہر سی دوڑ گئی، آخر مَیں نے اس بے جان سکّے کو میدان سے اُٹھایا ہی کیوں تھا۔

کتنے ہی ہاتھوں سے گذر کر یہ سکہ مجھ تک پہنچا ہو گا۔ مجھے یُوں محسوس ہوا کہ وہ شخص جس نے اِسے

ایک بند کہانی بنا کر میدان میں پھینک دیا تھا، مجھ سے کہہ رہا ہے

"یہ ایک ایسی دولت ہے، جو توقعات کی فصل اُگاتی ہے، کچھ یہی سوچ کر میں نے اسے خاک کے سپرد کر دیا تھا۔"

پر یہ کہ اس ایک سکے میں (جو مجھول سا تھا اور جو ناچنا گانا نہیں جانتا تھا) یہ صفت تھی کہ اگر وہ چل گیا تو منفعتوں کی ایک چھوٹی سی فہرست بنائی جا سکتی ہے (جن پر میں نے بہت کچھ غور بھی کیا ہے اور ابھی بہت کچھ باقی بھی ہے)

بچوں کے لیے مونگ پھلی، بھنے ہوئے چنے، رسیلی گنڈیریاں۔

جب تک میرے پاس نوٹ ہیں یہ سکہ کمزور نہیں ہو سکتا۔

سکے کا نکل جانا ہر حال میں فائدے کا سودا تھا، لیکن اس کے چکر میں نوٹ کا نکل جانا گھاٹے کا۔

یہ خوانچے والے کسی کا بھی خیال نہیں کرتے۔ میری یہ سفید پوشی آنکھ جھپکتے ہی خاک میں مل سکتی ہے، اسی دن کی بات ہے۔ اس غریب بابو کا گریبان تھام لیا تھا ——— شاید نوٹ پھٹا تھا یا شاید کچھ پیسے کم دے رہا تھا۔

اچانک ایسا محسوس ہوا کہ وہ سکہ میرے ہاتھ سے کامیابی کے ساتھ دوسرے ہاتھ میں چلا گیا۔

کمار اینڈ کمار کا کاؤنٹر، کسی سینما کا ٹکٹ گھر، کوئی چاٹ ہاؤس، کوئی خوانچے والا، کوئی ریڑھی والا۔

لیکن دوسری ہی ساعت ایک مفلس و نادار میرے سامنے آ کر کہتا ہے

"خدا تمھاری سات پشتوں سے سمجھے"

میرے اندر کے دونوں دریا سخت طوفان میں گھرے تھے۔

سارے دن ایک بڑے دفتر میں ایک چھوٹا دفتر کھلا رہا۔

دفتر سے واپسی میں دوستوں کے ساتھ چلتا ہوا بھی میں اکیلا تھا۔

میرے حصے میں صابن کی ایک نئی ٹکیہ آ سکتی تھی۔ سینما کا ایک شو۔ چاٹ ہاؤس میں میری پسندیدہ مٹر کی چاٹ۔

لیکن پھر سارے منصوبے ایک گہرے دریا میں غرق ہو گئے۔

وہ ہر ہاتھ میں پہنچ کر ایک مسئلہ بن جائے گا۔

وہ ہر ہاتھ سے نکلنے کے بعد اپنے پیچھے فتح و نصرت کی ایک داستان چھوڑ جائے گا۔

تو کیا یہی فتح و نصرت ہے؟

دین محمد کے ورکشاپ کے سامنے پہنچ کر اچانک میرے قدم تھم گئے۔

خاں صاحب ذرا وہ لوہا کاٹنے والی قینچی دینا۔

گھر آ کر میں نے اس سکے کو کاٹ کر دو کر دیا۔

تب ہی میرے بچوں کے ہاتھ میں کٹے ہوئے دو چاند تھے، اور وہ خوش تھے کہ کھیلنے کو ایک چمکتی شے مل گئی۔

۲۰ویں صدی کے منتخب یادگار افسانوں کا ایک اور مجموعہ

مجھے پہچانو

مرتبہ : ادارہ آج کل

بین الاقوامی ایڈیشن جلد منظر عام پر آ رہا ہے